1ª edição - Julho de 2023

Coordenação editorial
Ronaldo A. Sperdutti

Projeto gráfico e editoração
Juliana Mollinari

Capa
Juliana Mollinari

Imagens da capa
123RF

Assistente editorial
Ana Maria Rael Gambarini

Revisão
Alessandra Miranda de Sá
Ana Maria Rael Gambarini

Impressão
Plenaprint Gráfica

Av. Porto Ferreira, 1031 | Parque Iracema
CEP 15809-020 | Catanduva-SP
17 3531.4444

www.**petit**.com.br | petit@petit.com.br
www.**boanova**.net | boanova@boanova.net

Dados Internacionais de Catalogação na Publicação (CIP)
(Câmara Brasileira do Livro, SP, Brasil)

Guilherme, Leonor e José (Espíritos)
Em missão de socorro / [ditado pelos espíritos] Guilherme, Leonor e José, [psicografado por] Vera Lúcia Marinzeck de Carvalho. -- Catanduva, SP : Petit Editora, 2023.

ISBN 978-65-5806-049-9

1. Espiritismo - Doutrina 2. Psicografia 3. Romance espírita I. Carvalho, Vera Lúcia Marinzeck de. III. Título.

23-159616 CDD-133.93

Índices para catálogo sistemático:

1. Romance espírita psicografado 133.93

Tábata Alves da Silva - Bibliotecária - CRB-8/9253

Impresso no Brasil – Printed in Brazil
1-07-23-3.000

Prezado(a) leitor(a),

Caso encontre neste livro alguma parte que acredita que vai interessar ou mesmo ajudar outras pessoas e decida distribuí-la por meio da internet ou outro meio, nunca deixe de mencionar a fonte, pois assim estará preservando os direitos do autor e, consequentemente, contribuindo para uma ótima divulgação do livro.

EM MISSÃO DE SOCORRO

Psicografia de
VERA LÚCIA MARINZECK
DE CARVALHO

Pelos espíritos Guilherme, Leonor e José

SUMÁRIO

PRIMEIRA PARTE

SEGUNDA PARTE

TERCEIRA PARTE

PRIMEIRA PARTE

Guilherme - Doutor Sorriso

Guilherme

CAPÍTULO 1

Um ideal cumprido

Lembro-me bem de minha penúltima encarnação. Meu corpo morreu sentindo dores profundas, após prolongada doença. Fui arrancado do corpo por dois desencarnados que não gostavam de mim e largado no Umbral. Sofri muito e fiquei indignado, afinal era religioso e havia pagado caro para que rezassem para mim. Demorei a entender que a oração faz bem para aqueles que a fazem e que, para receber os benefícios das orações alheias, estas têm de ser com sentimentos e você estar receptivo para recebê-las.

Vaguei por treze anos por regiões incertas, ora no meu antigo lar, ora por zonas tenebrosas, tinha pedido socorro, sabia da existência de espíritos bondosos que iam ao Umbral, levando de lá muitos sofredores. Revoltava-me contra eles que não me atendiam e clamava em alto tom:

— *Sou importante! Fui, sou médico de posses!*

Queria ficar livre das dores, daquele lugar sujo e fétido.

Achava injusto estar ali, não fiz nada de mau, não roubei, não matei e, se pudesse voltar atrás, faria tudo de novo. O tempo passa ensinando, a dor nos desperta, comecei a entender que errei e envergonhei-me, já não defrontava com os socorristas que passavam de tempo em tempo no lugar em que estava. Cansei, entendi que era merecido aquele sofrimento, arrependi-me e aí, depois de tempo em que sofri resignado, fui socorrido.

Há muito amo a Medicina e nesta minha encarnação, a penúltima, fui médico e enriqueci com seu exercício. Não condeno nenhuma profissão como forma de sobrevivência e viver confortavelmente deve, ou deveria ser direito de todos os trabalhadores. Somente que esqueci que os pobres adoecem, não tratei de nenhum. Não fiz caridade, achava que o pobre era problema de Deus, já que Ele o criou.

Ao ver o trabalho de socorristas, percebi que nossa verdadeira riqueza é fazer o bem aos outros sem esperar recompensas. A riqueza somente é nossa e verdadeira quando nos acompanha após o corpo ter morrido.

Fiquei anos numa colônia onde não me senti morador, envergonhava-me do modo que vivi encarnado e senti-me nulo de boas ações. Estudei e pedi para reencarnar com firme propósito de voltar diferente.

Nasci num bairro pobre de uma cidade grande no Brasil, minha mãe foi minha ex-mulher na outra encarnação, ela com seus conselhos colaborou para que eu vivesse somente para as riquezas materiais. Agora éramos pobres, não tínhamos às vezes o necessário. Meu pai, homem bom, trabalhador, ganhava pouco e por muitas vezes necessitamos de médico e não tivemos seus serviços por não poder pagar. Tive sete irmãos, mamãe era fraca, doente, trabalhava muito, às vezes era amarga, revoltava-se e papai a consolava. Minha mãe desencarnou aos trinta e oito anos com tuberculose, na enfermaria de um hospital. Entristecemos muito com sua desencarnação e minha avó, vovó Dindinha, veio morar conosco. Era o segundo filho e estava com dezesseis anos, os outros eram pequenos e nossa avó foi a segunda mãe.

Gostava de estudar, fiz os primeiros quatro anos com dedicação e tirando notas altas. Até aí, este ensino era grátis, para continuar tinha que pagar e entristeci, não tínhamos como fazê-lo. Mas uma professora, dona Margarida, realizou meu sonho, conseguiu para mim uma bolsa de estudo e me deu livros, cadernos, continuei a estudar. Fui o único em casa a fazê-lo.

Mamãe desencarnou quando eu tinha terminado o antigo ginásio. Passei a trabalhar num armazém perto de casa. Era o menino das entregas. Arrumei logo outro emprego no centro da cidade, numa loja, e ganhava bem. Querendo estudar, troquei de emprego, fui ganhar menos num escritório trabalhando menos horas, estudei à noite. Dona Margarida ainda me dava livros e cadernos.

Consegui passar na faculdade de medicina. Mas como cursá-la? Vovó, aquela mulher inteligente e caridosa, veio ao meu auxílio. Reuniu meus irmãos:

— Temos que ajudar Guilherme a estudar, vimos o tanto que ele se esforçou, estudou, ele quer ser médico, passou e o estudo requer tempo integral e não poderá trabalhar. Seria uma pena ele não estudar, é inteligente e será um bom médico, nosso orgulho. Depois de formado, nos pagará e ajudará. Tirando Mário, que é casado, todos nós iremos dar um tanto para que ele possa estudar. Eu não vou fumar mais e todo o dinheiro que gasto com cigarros darei a ele.

Mário era meu irmão mais velho, estava casado e tinha duas filhas, passava por dificuldade financeira e foi o único que não me ajudou. E assim foi feito, a família toda se sacrificou por mim. Vovó Dindinha não fumou mais, lavava dois dias por semana roupas para outras pessoas, além de fazer o serviço de casa. Lourdes, outra irmã, que trabalhava numa fábrica, passou a fazer horas extras, papai não mais tomou suas cervejinhas. E assim foi por dois anos. No terceiro ano minha irmã Lourdes se casou e saiu do emprego. Para ter dinheiro, arrumei um emprego numa farmácia perto de casa para aplicar injeções. Tive que repartir meu tempo, comia e dormia pouco, domingos e feriados trabalhava dobrado aplicando injeções em domicílio. No quarto ano, arrumei um emprego no hospital e lá passei a morar, indo em casa de quinze em quinze dias. Quase não precisava do dinheiro dos familiares, mas eles me ajudaram até que me formei.

Faltavam quatro meses para terminar o curso quando vovó Dindinha desencarnou de repente. Fiquei triste, ela queria muito me ver formado e, sem o dinheiro dela, minha situação tornou-se mais difícil. Foram muitas vezes que comi resto das bandejas dos doentes, economizava em tudo, tinha poucas roupas e estas foram doadas ou por professores ou colegas, estudava em livros emprestados, foi com sacrifício e muita força de vontade que consegui me formar. Não ia participar da festa de formatura, mas meus colegas contribuíram, pagaram a minha parte. Toda minha família foi, fiz questão de apresentar meu pai a todos. Minha emoção foi grande quando disseram meu nome, levantei-me emocionado, olhei para meu pai, ele estava chorando, lágrimas escorreram pelo meu rosto.

— Agora, filho, você começará vida nova, confio que será bom médico e que este bom seja tanto profissional como humano — desejou meu pai me abraçando.

Foi uma festa muito linda, agradeci aos colegas. Estava debilitado fisicamente, magro e cansado, mas com muita vontade de trabalhar, ajudar pessoas enfermas. Minhas notas eram boas, não excelentes, não tive tempo para estudar como gostaria, mas seria bom médico, como também fiz um propósito de comprar logo que pudesse os livros e estudá-los novamente.

Um dos meus professores me ofereceu um emprego em sua clínica com um bom ordenado. Aceitei, trabalharia lá oito horas e num hospital outras oito horas com um ordenado menor. Arrumei os dois empregos com a finalidade de reembolsar minha família. Porque meu sonho mesmo era só ficar cuidando de pessoas carentes. Fui morar numa pensão perto do hospital, que era discreta, limpa, e sua proprietária, dona Dorinha, uma pessoa boa e educada.

Trabalhava bastante e com muito amor, alimentava-me bem, comprei roupas novas e dava todo meu ordenado da clínica aos meus irmãos.

Não esqueci dona Margarida, que não podia mais lecionar, estava idosa e doente. Paguei uma senhora para morar com ela e comprava todos seus remédios, sempre ia visitá-la.

— Guilherme — disse ela numa destas visitas —, quando ajudei você, fiz porque percebi que você amava aprender, que idealizava formar-se em Medicina, não tive intenção de ter recompensas por isto. Não somente ajudei você, mas outros também. E vendo você aqui comigo, compreendo que boas ações têm retorno. Agora você me ajuda.

— E se tivesse sido ingrato? — perguntei.

— Não anularia minha ação, ela me pertence, como a ingratidão pertence ao ingrato. Você, Guilherme, pode compreender isto? Faça, meu aluno, o bem, uns não serão reconhecidos, a ingratidão pode nos doer, mas é passageira e não nos faz ser ingratos. E quando fazemos sem esperar recompensas, somos recompensados. A ação é nossa e toda ela tem a reação. Creio que passaria por toda esta doença, mas, se não tivesse vocês a me visitar, a me amar, seria bem pior. Acredita que sou feliz? Sim, Guilherme, a doença, a velhice não influem na minha alegria interior.

E dona Margarida me deu os melhores ensinamentos, e fiz tudo por ela até que desencarnou.

Não podia tirar folga, queria recompensar os meus familiares, papai comprou uma boa casa, ajudei todos a comprar a deles, foi então que pensei em largar o emprego na clínica em que há oito anos trabalhava. Achei que já havia retribuído em triplo o que eles gastaram comigo. Foi nesta época que meu antigo professor me chamou para uma conversa.

— Doutor Guilherme, quero que o senhor venha trabalhar comigo mais tempo. Quero que seja meu assistente direto.

Surpreendi-me com a proposta, não queria, estava ali somente pelo ordenado. Queria mesmo ficar no hospital. A clínica era de luxo, somente para pessoas ricas, não que estas não sofressem, mas tinham conforto. Ali ajudava também, dando atenção, conselhos, animando-os. Era querido de todos, tinha doentes, principalmente velhos, que queriam ser tratados por mim.

— Sinto muito — respondi —, não posso aceitar. Aproveito a oportunidade para dizer ao senhor que quero mesmo ficar no meu outro emprego. Peço demissão! Ficarei até que o senhor arrume outro para meu lugar.

— Se é por causa de dinheiro, aumento seu ordenado.

— Não, senhor, é pelo meu ideal!

— Ideal não enche barriga. O senhor é bom médico e poderá fazer brilhante carreira — opinou meu antigo professor.

— Obrigado! Mas já resolvi.

Passaram dois meses e eu estava trabalhando o dia todo, de doze a quatorze horas, no hospital.

No domingo de folga seguinte, fui à casa de meu pai e expliquei a ele:

— Papai, deixei meu emprego na clínica, estou trabalhando somente em um lugar e não vou poder dar mais dinheiro a vocês.

— Já nos deu bastante, agora cuide de você!

Meus irmãos não ficaram satisfeitos com a notícia, mas não falaram nada. Reconheceram que já os havia pagado.

Assim continuei minha vida, meu ordenado não era muito, mas também gastava pouco, continuei morando na pensão, guardava todo mês um pouco do que ganhava e no final do ano repartia com meus familiares.

Meu trabalho no hospital era intenso e prazeroso, fazia o que gostava e consequentemente o fazia bem-feito. Cuidava dos pobres e muitas vezes dava dinheiro para suas famílias e continuava a vê-los quando tinham alta. O trabalho não me cansava. E quando tinha tempo, estudava a Medicina, em que sempre tem muito o que se aprender.

Não tinha tido, até então, namorada, não tivera tempo. Trabalhava conosco, como enfermeira, uma moça bonita e dedicada, chamava-se Linda, percebi-a porque estava sempre por perto. Um dia, ela me convidou:

— Não quer jantar comigo, doutor Guilherme? Nosso plantão termina daqui a alguns minutos.

— Só se for uma pizza — respondi.

— Ótimo, nos encontraremos na porta do hospital.

Fomos a uma lanchonete perto e conversamos agradavelmente. Assuntos de hospitais, doentes, sempre foram os meus preferidos.

— Guilherme, posso chamá-lo assim? Desculpe-me a curiosidade, você não tem nenhuma noiva a esperá-lo?

— Não, não tenho. E você? Também não? É muito bonita...

Linda sorriu, gostei de sua companhia e começamos a sair, em três meses já estávamos namorando firme. Gostava dela, mas algo impedia de amá-la, até que percebi o que era, quando me disse:

— Guilherme, sua vida é um absurdo! Você precisa progredir! Arrumar outro emprego! Ter seu consultório! É um excelente médico para ficar clinicando neste hospital simples e de pobres. Pare de ajudar sua família. Deve comprar uma bela casa. Não sente vergonha de morar naquela pensão? Deveria pensar em ganhar dinheiro, casar-se, ter filhos...

Não queria nada disso, tinha medo de ficar rico com a Medicina. Amava minha profissão e estava feliz com a vida que levava, não queria que fosse diferente. Discutimos e preferi acabar o namoro. Linda ainda tentou reatar, mas eu não quis, seu preço era alto. Fiz muitos sacrifícios para me formar, e foi para trabalhar, não para ter privilégios.

Outras mulheres passaram pela minha vida, todas sem importância, decidi ficar solteiro.

Meu pai desencarnou, afastei-me mais de minha família, os via somente no Natal, quando levava dinheiro a eles, ou quando me procuravam para pedir favores.

Fui amigo de muitos pacientes e de todos que trabalhavam no hospital, estava sempre aconselhando, auxiliando com dinheiro e consolo. Era feliz! Minha felicidade vinha do meu espírito satisfeito, porque é fazendo aos outros que construímos em nós a paz e alegria, que são riquezas duradouras. E expressava esta felicidade no sorriso, então apelidaram-me de doutor Risonho, e isto me fazia sorrir mais.

Dona Rosa, uma senhora que sofria de câncer nos ossos, apegou-se muito a mim. Sofreu muito, tinha dores fortes, queria ajudá-la mais ainda e conseguia, por minha vontade, amenizar suas dores. Percebemos, ela e eu, que bastava eu colocar minhas mãos sobre ela para acalmar as crises terríveis, e que isso surtia efeito como uma injeção. Aí, passei a usar este processo com muitos outros e tinha efeito. Dava passes sem saber; quando se tem vontade de ajudar e coopera para isto, dá resultado. Isso ocorria porque estavam sempre trabalhando comigo espíritos bondosos.

Cuidei de dona Rosa com carinho de filho, ajudei sua família e nos tornamos amigos. Ela, sentindo que ia desencarnar, me disse:

— Doutor Guilherme, penso que Deus se lembrou de mim. Veja, aqui estão dois anjos para me buscar. Quero dizer que, onde estiver, orarei pelo senhor. E, se Deus permitir, um dia retribuirei uma parte do que o doutor está me fazendo. Os dois anjos são tão lindos!

Estendeu as mãos no vazio e eu olhei e não vi nada, acreditei, ela fechou os olhos, sorriu e seu corpo sofrido morreu.

Senhor Caetano era uma pessoa bem-humorada. Fazia tempo que estava doente e ficou meses internado. Gostava dele, não reclamava, era educado e por isto todos os enfermeiros faziam questão de atendê-lo. Um dia lhe indaguei:

— Senhor Caetano, o senhor tem dores, sei disso como médico, mas não se queixa e parece feliz! Por quê?

— Sou feliz! Não quero somente parecer, quero que tenham certeza. Doutor Risonho, a doença, dores físicas me causam desprazer, desconforto, mas é externo e nada que vem de fora me faz feliz ou infeliz. Minha felicidade é por estar bem comigo mesmo. Por ter paz!

— Admiro-o e o entendo! — admiti.

— Claro que o entende — intrometeu-se uma enfermeira que estava comigo. — Doutor Guilherme é pobre, mora em uma pensão simples, não tem nem carro, mas, em compensação, tem muitos amigos; e se boa ação é riqueza, ele é milionário. Acho que vocês dois são felizes por terem as consciências tranquilas. Deve ser o retorno de boas ações ou os "Deus lhe pague" dos ajudados.

Rimos.

Tinha que conviver com a morte e não sentia nada em relação a este fato, para mim corriqueiro. Gostava do paciente, fazia tudo por ele e, quando morria, desencarnava, achava que acabava meu trabalho junto a ele, ia me preocupar com outro. Nunca pensei muito neste fenômeno natural, e para todos.

Dona Dorinha, a dona da pensão, fez de uma das suas salas o meu consultório, ali atendia pessoas que vinham pedir a ela, nunca cobrei e muitas vezes dava dinheiro para os remédios.

Éramos bons amigos, dona Dorinha e eu, ela era muito mais velha que eu, bondosa e estava sempre a me agradar, era seu pensionista mais antigo.

Não fui religioso, orava às vezes e quando o fazia eram rogos por alguém que sofria. Um dia, dona Dorinha me disse:

— Não tem importância não rezar verbalmente, o senhor, doutor Guilherme, é a resposta de muitas orações.

— Como é?! — indaguei rindo.

— É fácil de entender, doutor Risonho. Aquela mulher que atendeu cedinho, antes de ir trabalhar, me contou que orou muito, a noite toda, para que um médico atendesse sua filha. Veio ao hospital e, ao passar aqui em frente, sentiu-se atraída, parou, bateu na porta e me perguntou: "A senhora sabe de um médico bondoso que pode me atender sem cobrar?". Mandei-a entrar e o senhor não somente atendeu como lhe deu dinheiro para os remédios. Agora lhe pergunto: o senhor é ou não o instrumento que Deus usou para atender as orações daquela mulher?

— Eu, instrumento de Deus?! Que é isto, dona Dorinha? Imagina se sou alguém assim importante?

— Responda-me, então: que é melhor, orar muito e nada fazer de bom ou fazer e pouco orar? — perguntou minha amiga.

— Creio que são os dois importantes — respondi.

Sorri, dona Dorinha tinha cada ideia! Assim vivi minha última encarnação, foram anos de trabalho que me realizaram, nunca tive férias e, quando me perguntavam se estava cansado, respondia:

— Enquanto puder trabalhar, o faço com prazer. Se estivesse doente numa cama, certamente não trabalharia. Descansarei quando morrer!

Naquele dia, dormi como de costume, logo após acordei passando mal, tentei respirar, rápido me diagnostiquei:

"Estou tendo um edema pulmonar." Esforcei-me para pedir ajuda, não consegui, acomodei-me no leito e tentei me acalmar. Melhorei rápido e vi muitas pessoas no meu quarto. Achei que tinha melhorado, fato foi que meu corpo físico morreu. Todos sorriam para mim. Dona Rosa, senhor Joaquim, um cliente amigo com quem costumava jogar xadrez nas minhas poucas horas de folga. Estelinha, uma menina que desencarnou aos dez anos com leucemia, gostava muito dela e, ao saber que tinha uma doença grave, pediu para ir para casa, ia sempre vê-la. Senhor Caetano, dona Catarina, o quarto estava em festa. Dona Rosa carinhosamente me pediu:

— *Vamos, doutor Guilherme, doutor Risonho, levante e venha conosco!*

Sem perceber, passei por uma madorna e amigos me desligaram, eu espírito, da matéria sem vida.

Tentei levantar, uma, duas e na terceira vez consegui. Contente, abracei todos. Aí, olhei para minha cama e me vi deitado.

— *Que sonho esquisito!* — exclamei. — *Acho que jantei muito! E estou ficando velho!*

Examinei meu corpo, estava sem vida, não tinha pulso, meu coração não estava batendo.

— *Morri!*

Todos sorriram e vovó Dindinha apareceu, corri para ela.

— *Vovó! Que saudades! Como está a senhora? Parece bem! Engraçado, todos vocês estão mortos!*

— *Claro, Guilherme, e você também* — vovó sorriu.

Pela primeira vez tentei rir e não consegui, corri para o meu corpo e sacudi-o.

— *Acorde! Vamos, temos que acordar, o sonho estava bom, mas começo a não gostar. Acorde!*

Vovó me abraçou com carinho.

— *Guilherme, nunca pensou que ia morrer? Você está acostumado com a morte... Você morreu, agora vamos, me dê suas mãos, vamos para um lugar aonde vão pessoas boas que desencarnaram.*

— *Para o cemitério?* — assustei-me.

— *Não, bobinho, para o cemitério irá o seu corpo. Você é um espírito, e sua vida continuará. Não está falando? Pensando? Isto é você real, o corpo era uma roupagem que serviu para viver encarnado. Não tenha medo!* — animou-me vovó.

Dei as mãos para vovó Dindinha e fechei os olhos na esperança de que, ao abri-los, estaria acordado. Senti como se voasse. É que vovó volitou comigo. Aprendi, mais tarde, que a volitação é ir, pela própria vontade, de um lugar ao outro na rapidez de um pensamento.

Abri os olhos e não acordei. Estava num local agradável e minha avó, ao meu lado, me explicou:

— *Vamos ficar aqui por algumas horas, depois iremos para uma colônia, irá morar comigo.*

"Será que estou sonhando? Nunca sonhei nada tão comprido", pensei.

— *Bem, amigos* — sorri —, *foi muito agradável revê-los, sonhar com vocês, mas agora é hora de acordar. Sinto dona Dorinha me chamando.*

— *Guilherme, você não vai acordar, você morreu, sua vida agora é outra, mais bonita e agradável* — vovó me consolou.

Fiquei quieto e pensei: *"Mas minha vida é bonita e agradável e não quero mudar".*

Vovó percebeu minha inquietação, conversou por momentos com um senhor, depois carinhosamente me comunicou:

— *Guilherme, vou levá-lo para ver seu corpo e enterro. Assim acreditará.*

Ela e dona Rosa pegaram em minhas mãos e rapidamente chegamos à igreja do hospital. Meu corpo estava deitado num caixão bonito e todo florido.

Estava sorrindo. Escutei os comentários.

— Doutor Risonho está sorrindo mesmo morto!

— Se existir mesmo o céu, ele deve estar nele.

— Vamos sentir sua falta!

— Os doentes vão sentir mais!

Eram quase quatro horas da tarde, o enterro ia sair. Foram poucas pessoas, era dia de trabalho, meus irmãos e sobrinhos vieram, mas eu era, para eles, uma pessoa estranha. Fiquei alheio observando tudo, depois meus familiares foram à pensão com dona Dorinha, que chorava sentida. Era como um filho para ela, falou comovida:

— Este é o quarto dele, achei-o sem vida esta manhã. Como fazia todos os dias, o chamei, como não me respondeu, abri a porta e o encontrei morto. Aqui está tudo que era dele!

Chorando, dona Dorinha saiu do quarto e eles começaram a mexer nas minhas coisas.

— Vejam o extrato de sua conta no banco, não tem nada, somos mais ricos que ele.

— Não tem nada de importante! E mora aqui nesta pensão!

Rosana, minha sobrinha, foi a que me entendeu.

— Titio sempre nos ajudou em vida, parece que nos deu tudo que tinha. Não ganhava muito. Mas será mesmo que não era rico? Talvez não de bens materiais, estes ficaram aqui. Que será que ele levou com ele? Deve ser muito, a bondade acompanha-nos além-túmulo. Vou pegar para mim esta caneta, vou levá-la como lembrança de uma pessoa digna e boa. Deixemos que dona Dorinha doe suas poucas roupas.

Concordaram e foram cada um para sua casa. Sentei-me na cama desiludido. Estava morto! Lembrei-me do comentário da enfermeira, que deveria estar no céu, mas não fui religioso e agora que ia me acontecer? Iria para o inferno? Vovó me pegou pela mão e, num instante, estava naquele local agradável novamente.

— *Aqui é um Posto de Socorro no Plano Espiritual* — explicou vovó. — *Localiza-se no espaço extrafísico do hospital em que você trabalhou por anos. Procure descansar. Estarei com você! Não confia em mim?*

Fiquei quieto, cabeça baixa, um pouco temeroso. Creio que a morte sempre apavora quem não a entende. Aí senti uma força agradável, parece que me viam sorrir e tive vontade de fazê-lo e o fiz mesmo sem querer. Não era momento de rir, tinha morrido! Fortaleci-me, parecia que um clarão entrou em mim. Olhei para vovó, que pacientemente estava ao meu lado, e ela me esclareceu:

— *É o poder da oração. Você foi muito querido! Um grupo de pessoas reuniu-se para orar por você.*

Minutos depois, vovó me conduziu a um veículo que me explicou chamar aeróbus e partimos.

Gostei muito da Colônia, fui morar com a vovó numa casinha linda, encantei-me e tive mais motivos para sorrir, estava achando bom ter morrido e muito feliz.

— *Guilherme* — disse dona Rosa ao me visitar —, *quem viveu feliz, com a felicidade no bem praticado, aqui continua. Seja bem-vindo!*

Os dias passaram rápido, já havia conhecido toda a Colônia. Vovó me comunicou:

— *Acho que você está adaptado e, a partir de amanhã, terá que se arranjar sozinho, começo a trabalhar novamente.*

— *Trabalhar? Que a senhora faz? Trabalhar depois de morto?*

— *Ora, Guilherme, pensei que tivesse entendido. O corpo morre, por isto dizemos que desencarnamos, deixamos a matéria sem vida e continuamos mais vivos que antes. E você, nestes dias, não viu tantas pessoas trabalhando? É maravilhoso ter atividades. Você está gostando de descansar porque é por dias. Quero ver se aguenta ficar muito tempo sem fazer nada. Trabalho no setor de reencarnação, auxilio pessoas a voltar a viver no corpo físico.*

— *Mas, vovó, trabalhei muito encarnado, agora quero descansar.*

— *Pois descanse! Quando tiver vontade de fazer algo, me avise.*

Naquela tarde recebi a visita de meu pai.

— *Papai, que saudades! Por que não veio me ver antes?*

— *Sabia de você por nossa querida Dindinha, tranquilizei-me sabendo-o bem. Estava num trabalho no Umbral e não era conveniente afastar-me.*

— *Trabalho? Gosta de trabalhar?*

— *Claro, não sou preguiçoso* — respondeu papai.

— *E mamãe?* — mudei de assunto.

— *Ela está reencarnada, é uma boa médica pediatra.*

— *Ora lá, ora aqui* — concluí.

— *Sim, ora vivendo na erraticidade, no Plano Espiritual, ora encarnado, até que fazemos nossa evolução.*

Fiquei muito contente de ver papai bem e feliz. No dia seguinte, vovó me deixou sozinho e fui passear, andar pela Colônia, não encontrara ninguém para conversar, todos estavam trabalhando. No segundo dia encontrei Alfrânio, um senhor que também estava desencarnado, ele me explicou:

— *Trabalhei por quarenta anos numa usina, agora quero descansar bastante!*

Tínhamos a mesma opinião e ainda bem que encontrei uma pessoa que pensava como eu. Alfrânio me contou que desencarnou de hepatite, que sentiu muitas dores no abdômen. Quando dei por mim, estava examinando-o e concluí:

— *O senhor não desencarnou de hepatite, foi de câncer na vesícula que passou para o fígado.*

Conversava bastante com este novo amigo, no começo foi agradável, depois comecei a ficar insatisfeito. Passaram trinta dias, passeava, ia a concertos, ficava horas nos belos jardins. Estava sentindo falta das minhas consultas, comentei com vovó Dindinha.

— *Sinto um vazio, vovó, acho que cansei de descansar. Quero arrumar algo para fazer.*

— *Ora, ora, até que enfim! Vamos amanhã conversar com o coordenador Ambrózio.*

Foi muito agradável nossa conversa.

— *Você foi útil encarnado, um socorrista que ajudou a muitos. Aqui também tem muito que fazer. Quer usar seus conhecimentos para continuar auxiliando?*

— *Isto é possível? É que sabia cuidar do físico...* — estava indeciso.

— Quem quer, aprende rápido, e é fácil. Doutor Guilherme, será um prazer tê-lo conosco.

— Como aprendiz? — perguntei.

— Estamos sempre aprendendo — me incentivou Ambrózio gentilmente.

Chamou um rapaz e nos apresentou:

— Fernando também foi médico encarnado. Trabalhará com ele até aprender a diferença que é tratar de um encarnado e de um desencarnado. Existem doentes e as doenças são diversas. Se quiser, poderá começar agora.

— Quero e estou muito curioso ou com vontade de aprender — ri.

Cumprimentei Fernando, simpatizamos um com o outro. Segui-o e começou uma nova fase ou experiência para mim.

CAPÍTULO 2

Nas enfermarias da Colônia

— *Venha comigo, Guilherme, vou levá-lo para conhecer o nosso hospital* — Fernando gentil me conduziu. — *Ou os hospitais, porque conforme a colônia há mais de um, são grandes e confortáveis.*

Após sairmos, meu cicerone explicou:

— *Os imprudentes são muitos, os erros nos perturbam e a recuperação se faz necessária. São muitos os doentes, desencarnam e trazem enraizados em si os reflexos das doenças que tiveram.*

Entramos pelo portão principal. A recepção é espaçosa, ali se obtêm informações de seus trabalhadores, internos e o movimento é grande. Tem diversas salas: para atendimentos a visitas, da diretoria etc. Por um corredor existe uma bifurcação para três partes ou alas do hospital.

Uma Colônia difere de outra, cada uma se adapta a sua necessidade, mas elas têm muito em comum. E sempre estes locais de socorro a doentes são divididos em grandes enfermarias coletivas, em que são normalmente separados homens de mulheres. Em uns, há a ala ou parte infantil, em outras Colônias, a infantil fica separada, na parte onde está o Educandário, local que atende crianças.

Neste, aonde fui com Fernando, à direita estava a ala dos que logo iam ter alta, no meio os que se encontravam em recuperação e à esquerda os internos em estado mais perturbado, mais graves.

— *Guilherme, você irá nos ajudar com os que estão para sair; é muito bonita esta parte do hospital* — mostrou Fernando.

Maravilhado fui vendo o que Fernando me mostrava: Este espaço é cercado por muitos jardins, é também onde quase sempre estão os quartos individuais para alguns recém-desencarnados que fizeram por merecer um atendimento especial; tem em um de seus pátios uma casa de orações onde abrigados e trabalhadores podem orar independente da religião que tiveram quando encarnados. Ouvem-se muitas músicas suaves e convidativas a meditar, há uma bonita e vasta biblioteca e seus internos reúnem-se em salões para conversar e trocar ideias.

Na parte do meio, seus internos podem usar à vontade a biblioteca, também tem o salão de orações, ouvem música e orações, leitura do Evangelho; tem um jardim, mas seus abrigados estão ainda necessitados de mais atenção.

Na terceira ala estão as enfermarias, seus internos necessitam de mais cuidados, ficam quase sempre nos leitos. Também há a terapia da boa música, a suave que acalma, são feitas orações duas vezes ao dia e tem também a leitura do Evangelho. Infelizmente poucos entendem o que escutam, porque estão muito perturbados.

Fernando foi me apresentando aos trabalhadores, mostrando tudo e após horas me olhou e concluiu:

— *Guilherme, é bom vê-lo sorrir, alegrará nosso hospital, doutor Sorriso...*

Pronto, logo era conhecido pelo apelido carinhoso. Encantei-me com os hospitais do Plano Espiritual, são bem organizados, limpos e onde também há muito trabalho e muitas vezes os trabalhadores são poucos para muitos doentes.

Por isto não há mimos exagerados. E percebi logo que muitos internos gratos dão o devido valor à atenção recebida, enquanto outros reclamam de tudo.

— *Doutor Fernando* — queixou-se uma senhora —, *queria uma enfermeira só para me atender, às vezes fico com sede e tenho que esperar a boa vontade da atendente ou de uma colega para me ajudar. Sabe bem que fui privada, no final da vida encarnada, dos meus movimentos. Ainda tenho dificuldades de me mover.*

— *Dona Rita, a senhora tem que se esforçar para ser autossuficiente. Não alimente a autopiedade. Quando doente encarnada foi uma pessoa que gostava que lhe tivessem dó, pena. Aqui é diferente, sabemos que pode esforçar-se mais para melhorar, que é possível pegar o copo d'água. Infelizmente, não podemos atendê-la. Há muitos doentes para poucos trabalhadores. A senhora deveria ficar boa logo e se tornar uma enfermeira, seria ótimo* — orientou-a Fernando.

— *Pobre de mim, nem mexo os braços!*

Começou a reclamar, Fernando ia passar para atender outra e ela, em um impulso, o segurou.

— *Dona Rita, por favor, a senhora já está aqui há tempo, sare, seja útil, não tenho dó da senhora e não deveria ter de si mesma! Tenho muitos outros para ver e não posso dedicar-lhe mais tempo. Por que não levanta e vai ao jardim conversar um pouco?*

— *Eles somente querem falar de si mesmos, não me deixam falar de mim* — queixou-se ela.

— *O que a senhora sabe de mim além do nome? E eu sei tudo da senhora. Necessita, dona Rita, sarar e ser útil!* — aconselhou Fernando.

— *Poderia, ao menos, puxar o meu lençol?* — rogou lastimosa.

— *Não, a senhora me pegou no braço e me puxou, pode levantar o lençol. Vamos, tente!*

— *Não consigo!*

— *Tente de novo, nada a impede* — ordenou Fernando.

Comecei a entender que havia doentes, e não especificamente doenças.

E dona Rita ainda ficou tempo sendo necessitada, porque ela gostava, preferia ser enferma que ser autossuficiente e útil a outros. Foi recomendada a reencarnação numa família pobre, onde seria obrigada a trabalhar. Não tendo quem lhe fizesse nada, aprenderia a fazer para si mesma e, quem sabe, seria uma pessoa útil a outros.

Achei ótimo trabalhar no hospital, comecei oito horas e fui aumentando. O trabalho é muito. Morava com vovó e outros amigos. Ia sempre a palestras, e as minhas preferidas eram sobre Medicina. Aprendi muito e as achava fantásticas. Um dia, indaguei a Fernando:

— *Por que os médicos encarnados não sabem destas novidades?*

— *Tudo o que a ciência do Plano Físico sabe, primeiro desenvolvemos aqui* — elucidou meu amigo.

— *É fenomenal! Aprendi e estou aprendendo tantas coisas que nem parece que estudei Medicina um dia.*

Trabalhei muito tempo na ala dos que logo receberiam alta.

Encantava-me com os jardins, e era lá que conversava com os internos.

— *Você, Isa, deve esquecer o esposo. Ele preferiu ficar vagando.*

— *Não é uma pena? Queria ele comigo! Preocupo-me tanto. E se ele for preso e for parar no Umbral?* — Isa se preocupava.

— *Todos nós temos a lição que necessitamos para aprender. Seu esposo é esperto e tem um irmão que está sempre com ele. Cuide da senhora, necessita recuperar-se logo.* Auxiliava a *muitos com sua mediunidade quando encarnada e está quase pronta a continuar ajudando* — incentivava.

Esforçava-me para aprender para ajudar com conhecimentos. Logo percebi que muitas pessoas gostam que tenhamos dó delas, que as atendamos e as escutemos. Mas a autopiedade não pode ser alimentada, ela faz muito mal a quem a cultiva.

— *Doutor Sorriso, que belo apelido, também queria ter motivos para sorrir* — comentou Miguel.

— *Por que não o faz? O que o impede?* — indaguei.

— *Só tenho motivos para chorar. Trabalhei muito encarnado e deixei uma pequena fortuna que agora está servindo de motivo de brigas entre minha família. Queria que fossem amigos e repartissem tudo com justiça* — lamentou Miguel.

— *Já que não está mais no mundo físico, deveria esquecê-los. Você não sabia que ao desencarnar, ter o corpo físico morto, não traria nada e que tudo seria dividido entre os filhos? Ore por eles e evite pensar em desavenças. Cuide de você para sair daqui logo, depois irá aprender a viver desencarnado e ser útil para um dia ir ajudá-los. E deveria sorrir, é melhor e mais agradável do que ficar sério e triste.*

Dois senhores, vizinhos de leito, tornaram-se amigos e conversavam muito. Às vezes, participava por minutos de suas conversas.

— *Doutor Guilherme* — contou um deles —, *encarnado pensava ser dono dos bens materiais, julgava ter mesmo, que era dono, desencarnei e a eles fiquei preso. Foi muito triste!*

— *E eu* — disse o outro — *nada tive a não ser o desejo forte de tê-los, também desencarnei e fiquei preso ao desejo. Igualmente não foi fácil, sofri também.*

Os dois calaram-se e me olharam esperando minha opinião.

— *De fato, tanto o que se julga possuidor e aquele que deseja imprudentemente possuir prendem-se a eles até que entendam que se deve ser livre de posses e desejos. Porque nada temos nosso, até o corpo físico nos é emprestado pela natureza e temos que devolvê-lo. Se somos agraciados pela riqueza material, devemos compreender que somos administradores e que ela será devolvida. Imprudentes aqueles que pensam ser dono de algo. Há pessoas que, encarnadas, foram administradoras de grandes bens e a eles não ficaram presos, agiram sabiamente. Outros, desprovidos de tudo, não tiveram desejos de posse, estes passam pelo mundo sem desejar o mundo.*

— *O senhor teve este problema?* — indagou um deles.

Pensei por um momento e respondi:

— Não. *Como encarnado, tendo que viver no meio das coisas terrestres, tinha que lidar com elas, nunca pensei que alguma coisa fosse minha, fui administrador de pouco e não tive desejo de possuir, até tive como obter mais, mas não dei importância a isso* — respondi.

— *Dá para ver a diferença entre nós dois e o senhor, doutor Sorriso. O senhor foi um possuidor sem ser escravo, foi e é livre e nós nos tornamos presos, escravos do que julgávamos ou que desejávamos ter.*

— *Meus amigos, tudo é de Deus, legado a nós* — elucidei-os.

Deixei, naquele dia, os dois a pensar...

Tempo depois, quis ir trabalhar nas outras alas e me foi dada permissão, embora avisado que veria muitas tristezas. Fui apresentado a Corina, uma médica responsável pela ala do meio.

— *Corina, foi médica encarnada?* — perguntei curioso.

— *Não, encarnada fui enfermeira, estudei Medicina desencarnada, amo muito o que faço. Quando estava no Plano Físico, era difícil mulher estudar e ser médica.*

Primeiramente, ela me levou para conhecer os internos mais graves na ala três. Tudo era tristeza e sofrimento, vi desencarnados feridos, doentes e enlouquecidos, a maioria estava adormecida e tendo pesadelos cruéis.

— São recordações — explicou Corina *— de erros, de reações e da estadia vagando ou do Umbral. Mas a maioria vê sequentemente as maldades de que participaram ou que fizeram.*

— Não acordam? — quis saber.

— Sim, quando o fazem falam nos erros e, se estão muito perturbados, acabam adormecendo novamente. Mas, quando despertam mesmo, melhoram e aí começa outro tratamento, evangelização, orações, as conversas que os farão entender a necessidade de mudar para melhor.

Fui servir a ala dois e Corina seria minha orientadora. Fiquei responsável por uma enfermaria, embora sempre visitasse outras. Tinha muito tempo, havia aprendido a me alimentar tirando o alimento da natureza e raras vezes, pelo meu trabalho, tomava um suco ou caldo. Não dormia, assim dispunha de todas as horas do dia para o trabalho, pouco era meu lazer, mas estudava, queria dispor de mais conhecimentos.

Um desencarnado havia sido transferido para a enfermaria em que trabalhava. Era um moço de vinte e seis anos, muito bonito, moreno, de cabelos pretos e bem penteados, não conseguia mexer com o corpo, somente movimentava com a cabeça e pedia sempre:

— Doutor, por favor, penteie meus cabelos!

Não conversava muito e só quietava se penteasse seus cabelos. Respondia as indagações de forma confusa. Curioso, perguntei a Corina:

— Por que ele tem ideia fixa com os cabelos?

— Este rapaz faz dez meses que está aqui, esteve no Umbral por dois anos, logo estará bom. Quanto a sua fixação pelos cabelos, por que não lê sua mente? — Corina sorriu.

Sentei-me ao lado de seu leito, esforcei-me e vi o que ele pensava. Este ver é complicado para explicar, é como pensar com o outro e entender o que se passa na mente dele. Neste caso, do moço, estava a recordar. Vi como um filme, mas às vezes se vê de forma vaga, outras se sente o que se passa.

Ele era modelo de propaganda de produtos para cabelos, suas fotos estavam em revistas, jornais e fez sucesso, as garotas estavam sempre atrás dele, muitas querendo somente passar as mãos em seus cabelos.

Numa noite, saindo de um lugar movimentado, entrou num carro dirigido por outro moço; nem bem saíram, quando outro veículo com muita velocidade, dirigido por um motorista bêbado, bateu neles o fazendo derrapar, a porta abriu e ele caiu, ficou quieto no chão protegendo a cabeça e as pessoas gritavam: "sai... sai...". E ele não se moveu, e um ônibus que vinha correndo não conseguiu parar e o atropelou, desencarnou quando ia para o hospital. Penalizei-me, e ele balbuciava:

— *Sai! Corre!*

— *Ainda bem que ficará bem logo!* — motivei.

De fato, meses depois foi transferido para a outra ala e depois foi estudar. Mas era uma pessoa triste, não queria ter desencarnado. Ele ficou no Umbral por dois anos por ter se revoltado e porque queria se vingar do motorista, que na hora estava bêbado e foi a causa do acidente. Somente quando perdoou que foi socorrido. Esta tristeza, muitos desencarnados sentem por aqui, na Colônia: ficam tristes por não aceitarem a morte do corpo físico. Acham o Plano Espiritual lindo, a forma de vida do socorrido agradável, mas preferiam a vida encarnada. E estes, logo que possível, voltam ao Plano Físico pela reencarnação.

Manoel, um velhinho de sessenta e cinco anos, também me chamou a atenção, ficava muito sentado e falando coisas incompreensíveis, sua expressão era de muita perturbação. Havia desencarnado fazia vinte e três anos. Li seus pensamentos. Foi um fazendeiro rico, havia sido dono de muitas terras e gados e, durante sua vida encarnada, acumulou ouro e escondia dentro de uma almofada de seu sofá. Teve somente duas filhas, ficou viúvo muitos anos, não quis casar de novo temendo que o fizessem por seu dinheiro. Como todo avarento, não viveu com conforto e nem deu a suas filhas, e as fez casar com homens ricos e ambos os genros muito mais velhos que elas. Nos últimos anos, morava com um empregado, não recebia visitas, não gostava nem que as filhas viessem vê-lo, temia que descobrissem o ouro e que lhe roubassem. Ficava a maior parte do tempo sentado em cima do seu esconderijo vigiando. Desencarnou sentado, as filhas vieram para o enterro, fecharam a casa, depois de um tempo venderam a fazenda e quem comprou doou os móveis para um asilo.

Ao desencarnar, ficou confuso e permaneceu no antigo lar. Quando venderam tudo, odiou as filhas e perturbou-se mais. Quando foi doado seu sofá para o asilo, não pôde ir junto e foi para o Umbral, imaginou-o e ficou sentado, vigiando seu ouro.

Foi após muitos anos que uma senhora idosa achou o ouro e foi uma festa, reformaram o asilo, melhorando o atendimento. Manoel foi socorrido após muitos anos e ali estava se recuperando. Ainda se imaginava sentado e vigiando seu ouro. Quando nos prendemos a algo, seja pelo ódio ou ambição, a eles ficamos presos. Ele sofreu, sofria, mas fixou-se no objeto de sua posse e ficou possuído. Como é triste sermos escravos daquilo que nos é emprestado. Somos donos de quê? De nada, já que quando desencarnamos o que é material fica. Acompanham-nos nossas ações, as boas e as más.

Manoel ficou tempo na enfermaria, quando melhorou contava sua história a todos e terminava dizendo:

— *Que triste foi minha vida! Nem amizade tive, por medo que me roubassem. Não vivi, vigiei meu ouro!*

Também me interessei por uma moça, Neuzinha, magra, miúda, desencarnou por uma pneumonia dupla que não foi tratada. Balbuciava:

— *Perdão! Fui má! Coitados! Minha irmã!*

Passei a visitá-la numa enfermaria feminina, dormia, acordava e ficava parada, olhos distantes, a balbuciar. Se conversássemos com ela, parecia por minutos ouvir, depois voltava a ficar alheia. Lendo seus pensamentos, soube de sua história.

Sua vida foi muito movimentada. Era filha de uma mendiga, sua mãe teve vários filhos e os deu, ficou com ela e com Marina, mais nova dois anos. Ensinou-as a pedir esmolas e com a genitora aprendeu a fumar e a beber. Aos treze anos, foi estuprada por um amante de sua mãe. Revoltada, começou a roubar e a se prostituir. Sempre foi levada e briguenta. Feriu a facada uma colega e foi presa por três meses. Fazia qualquer coisa por dinheiro e passou a entregar drogas. Sua irmã Marina, ao contrário dela, era boa, trabalhadeira, estudou até a quarta série e depois arrumou emprego de doméstica e babá. Dormia no emprego, tentava ser honesta, via raramente a mãe e a irmã. Os patrões gostavam dela, trabalhavam e deixavam os filhos com ela, e as crianças a amavam.

Neuzinha uma vez brigou com a mãe e lhe deu uma grande surra, os vizinhos acudiram, senão ela a teria matado. Tempo depois, a mãe desencarnou e ela passou a viver sozinha. Um dia ela foi visitar a irmã e viu seu patrão e se apaixonou por ele, este não quis nada com ela, que passou a assediá-lo. Querendo pôr um basta, ele proibiu que viesse em sua casa, foi duro com Neuzinha, deixando claro que não se interessava por ela. A garota, inconformada, preparou uma vingança. Esperou que os patrões saíssem, pediu para Marina para entrar somente um pouquinho, as crianças brincavam na sala, ela pediu água à irmã e, quando esta foi buscar, Neuzinha pegou-as e saiu correndo. Pegou um ônibus na esquina que as levou para fora da cidade, onde passava um grande rio, e as jogou, pensou que elas não iriam morrer, que alguém as salvaria. Mas desencarnaram.

Quando Marina voltou à sala e não viu a irmã e nem as crianças, pensou que Neuzinha estivesse brincando com elas, as chamou, procurou. Mesmo com medo, telefonou para os patrões, estes vieram logo, procuraram, chamaram a polícia, estes não acreditaram em Marina, prenderam-na.

Foi torturada para que contasse o que fizera com as crianças. Dois dias depois, acharam os corpos delas, o menino de três anos e uma menina de um ano e meio. Como contava sempre a mesma história, a polícia procurou Neuzinha e esta negou tudo, dizendo que a irmã mentiu. Mas o motorista do ônibus e alguns passageiros foram à delegacia e contaram o que viram. Neuzinha foi presa e, ao ver a irmã toda machucada, teve medo. Foi reconhecida pelo motorista e presa. Como fumava e bebia muito, estava fraca, adoeceu e desencarnou meses após. Ficou vagando, foi para o Umbral e foi ajudada muitos anos depois por socorristas e ficou tempo no hospital da Colônia. E toda vez que se lembrava das crianças sumindo no rio, chorava, estremecia apavorada. Curioso, quis saber da outra, a irmã, e pude visitá-la. Marina foi muito maltratada na prisão e, quando saiu, estava muito machucada e a levaram para um hospital de religiosas, as irmãs se apiedaram dela e a ajudaram; quando sarou, quis ser freira e se tornou uma religiosa caridosa, e foram as suas orações o único consolo para Neuzinha.

Um senhor lamentava, indignado:

— *Fui injustiçado! Trabalhei para o bem das pessoas e fui pobre. Cansei de tanto fazer as coisas para os outros e larguei. Ajudava e não era ajudado. Desencarnei e vim para esta enfermaria, me explicaram que estava perturbado e que fiquei no meu ex-lar lamentando pelo que fiz e o que deixei de fazer. Mas minha mágoa foi ter feito e nada recebido.*

Observei-o e pensei por momentos para o elucidar.

— *Amigo, você fazia o bem por troca. Não foi verdadeiro seu trabalho. Porque não há troca do bem espiritual pelo material. Pena, o senhor não conseguiu ser feliz, perceber que este receber não é material. É no exercício do bem que nos tornamos bons.*

Ele sorriu sem graça e pôs-se a meditar no que falei. Gostava de conversar com Vicente, ele era um trabalhador dedicado e comentava sempre:

— Um abrigado difere muito do outro. Os que gostavam, gostam de trabalhar, mesmo necessitados, reagem mais facilmente, logo que melhoram têm vontade de fazer algo. Enquanto os ociosos, que gostam mais de serem servidos, ficam mais no leito, creio que seja para que se cansem da ociosidade. Gosto tanto de trabalhar, ser útil, o não fazer nada seria para mim uma tortura e para outros a tortura seria o contrário. Olhe, aí vem João, é uma afirmação do que digo.

— Bom dia, João! Vai ao jardim?

— Vou, não tenho outro lugar para ir, lá me distraio! — comentou.

— Tem muito tempo livre, não é? — perguntou Vicente.

— Não posso fazer nada, estou doente... — lamentou.

— E não quer sarar... João, a Colônia não abriga por muito tempo ociosos. Já podia ter sarado, sabe que somente tem reflexos da doença. Vamos, reaja! Necessitamos de pessoas úteis e laboriosas.

— Estou me esforçando...

E saiu rápido.

— É sempre assim — explicou Vicente —, João nunca gostou de trabalhar, quando necessário fazia pouco que lhe parecia muito. Adoeceu e ficou impossibilitado de trabalhar, andava com dificuldade, obrigado a um descanso e nem assim se saturou. Desencarnou e aqui prefere continuar doente a ter que trabalhar.

— Que acontecerá com ele? — perguntei.

— Poderá ficar mais um tempo nas nossas enfermarias, depois irá para uma escola e terá que fazer tarefas além de estudar; se o fizer e adaptar-se à vida útil, poderá ficar conosco, mas, se não conseguir, deverá reencarnar numa situação em que aprenderá, pela necessidade, a trabalhar.

— E você, Vicente, gosta do que faz? — indaguei.

— Muito! O trabalho para mim é aprendizado e ao mesmo tempo fixação do que aprendi e como aprendo. Guilherme, trabalhei muito encarnado e o faço aqui há anos, no Plano Espiritual. Desencarnei e fui socorrido, voltei ao ex-lar, porque era apegado à família, mas ficar com eles sem fazer nada me agoniou e entendi que estava os prejudicando. Roguei, com sinceridade, auxílio e vim para cá e desde então tenho tentado ser útil.

— E os seus familiares? — quis saber.

— Estão bem, com problemas que encarnados costumam ter, mas eu, agora sim, posso ajudá-los, não fazendo a lição para eles, mas incentivando-os a fazer o que lhes compete do melhor modo possível.

Era sempre agradável conversar com Vicente.

Lucinda logo ia receber alta, mas estava sempre a reclamar.

— Errei muito e o remorso me dói! Como gostaria de ter vivido de forma diferente. Por anos estive velha e doente, vivi sozinha e tinha três filhas, bem, foram quatro, mas uma, a melhor, a que me amava e me compreendia, desencarnou ainda jovem, aos trinta anos. Elas não quiseram morar comigo, tinham sua vida e eu seria mais um problema, diziam que eu tinha o gênio difícil etc. Uma das minhas filhas era muito rica, morávamos perto, ela nem ia me ver, o fazia raramente. Dava-me dinheiro para o necessário e ainda reclamava. Quando desencarnei, logo que entendi o fato, saí de onde estava, tinha sido levada para um Posto de Socorro, e fui me vingar das filhas ingratas.

Aprontei muito. Mas um dia vi minha filha querida, e ela foi enérgica comigo: "Por que se vingar? Pense de modo sincero se estes anos doente e sozinha não foram reação. Que fez para merecer o afeto delas? Deixe-as com suas reações, porque elas virão, como veio para a senhora. Venha comigo. Amo-a!". Chorei muito e vim, aqui estou e minha filhinha logo virá me buscar para morarmos juntas. Fui orgulhosa, arrogante, mandona, realmente não era fácil de conviver e lamento muito, mesmo desencarnada prejudiquei minhas filhas.

— Não deveria lamentar os erros, fazendo isto somente os aumenta, tornando-os maiores. Coragem, sairá daqui e estará apta a ser útil. Faça o bem, aí anulará o mal feito — animei-a.

Realmente é assim mesmo, remoer desacertos não nos leva a nada. Se quisermos anular, reparar atos errados será fazendo o bem, sendo útil e isto nada nos impede, porque em qualquer lugar que estejamos temos muito o que fazer.

No caso de Antônia, uma desencarnada que vagou pelo Umbral, tinha muito remorso, não queria ser socorrida, julgava-se indigna. Encarnada deixou o companheiro incriminar seu filho de um roubo, acreditou no amante, que ele, menor de idade, não ia ficar preso, mas o menino foi preso e assassinado na prisão. Ficou perturbada pelo arrependimento e veio logo depois desencarnar de forma brutal, assassinada pelos rivais do companheiro. Mas no Umbral ajudava ora um, ora outro, consolava, buscava água, tentava fazer curativos. O orientador de um Posto de Socorro foi buscá-la e ofereceu o abrigo para que ela ajudasse melhor, foi e logo que chegou pôs-se a trabalhar. Com jeitinho foi orientando, sempre ajudando. O filho a perdoou e incentivou-a a aprender; ele estava no Educandário, era uma pessoa boa e alegre. Ela foi transferida para a Colônia, onde fez curso de enfermagem, trabalhava conosco, mas logo ia para o Posto de Socorro e, desta vez, com conhecimentos para auxiliar com precisão.

Também tem a história de Leônidas, que num impulso matou numa briga um homem, foi preso e, como ajudou, foi útil na prisão, dava conselhos, escrevia cartas, as lia, cuidava dos doentes e até passou a ser enfermeiro. Todos gostavam dele, era respeitado. Desencarnou doente, foi socorrido, estava na ala dos recuperados porque necessitava de um tratamento que o ajudasse a se desfazer do remorso de ter assassinado uma pessoa. Logo estaria estudando para ser um enfermeiro com conhecimentos, era seu sonho.

— *Ei, doutor Sorriso, o senhor acha que tenho jeito?* — perguntou Isabel, uma interna que permaneceu anos na ala dos abrigados graves e que, agora melhor, perguntava a todos isto. Sorri para ela.

— Quando não queremos, não temos resultados. Não basta somente dizer que quer e não colocar nossa força interna, a vontade para realmente mudar. E todos nós temos jeito, basta querermos nos transformar para melhor.

— Doutor Sorriso, por que não fui boa? Tive oportunidades de ser, poderia ter sido como o senhor e estaria, talvez, ajudando, e não sendo ajudada.

— Pode reverter este quadro — aconselhei. — Tente recuperar-se o mais depressa possível para estar auxiliando.

— Como estive errada! — lamentou. — Fui uma pessoa que pensava muito em sexo, estive voltada somente para o prazer. Adolescente, fui parar num meretrício, fiz abortos, não queria que filhos deformassem meu corpo, a velhice chegou e fiquei dona de uma casa de prostituição. Desencarnei e fiquei revoltada; depois, querendo prazer, ficava perto de pessoas encarnadas como eu, muito sensuais. Um dia fui levada por desencarnados ao Umbral, sofri muito, fui escrava e obrigada a servir com taras a desencarnados. Entendi que eu também tinha tara, arrependi-me, pedi ajuda e socorristas me auxiliaram.

— Filha — a tratei de forma carinhosa —, sexo deve ser usado e não abusado, como tudo em nossa vida, tem que ter um controle. Você se viciou e deve esforçar-se para normalizar, aprender a lidar com esta força. Nada como ter um objetivo maior para nos livrarmos de qualquer desvio. O trabalho é uma grande terapia, ainda mais se fizermos por ele bem aos outros.

— O que fizermos ao próximo, a nós fazemos, não é verdade? — perguntou Isabel.

— É verdade! E você não calcula quanto bem fazemos a nós sendo úteis a outros. Ame a si mesmo, filha, e ao próximo. Comece a ser útil e verá que a paz irá aos poucos se manifestando em você.

Sorrimos.

Meu trabalho nas enfermarias da Colônia chegou ao término, outro teria que ser iniciado, agradeci com alegria as novas formas de trabalho para continuar meu aprendizado.

CAPÍTULO 3

Conhecendo o Umbral

Fomos de aeróbus da Colônia para um Posto de Socorro localizado no Umbral. Logo vi por que se chamava Fonte de Luz. Do alto vimo-lo como um ponto luminoso, uma verdadeira fonte de luzes. Muito bonito!

Chegamos ansiosos por conhecer tudo, éramos onze que faríamos um trabalho de aprendizado por meses neste posto, com objetivo de conhecer o Umbral e, principalmente, seus moradores.

— *Por aqui, amigos, vou lhes mostrar seus alojamentos!* — Marcinda, nossa cicerone, nos deu as boas-vindas.

O alojamento a que ela nos levou era uma sala, ou quarto, um lugar nosso particular enquanto estivéssemos no Posto. Ficaria com Antônio. A sala tinha dois leitos, onde poderíamos descansar se necessário, mesa, cadeiras e uma escrivaninha.

Deixamos alguns pertences e nos reunimos novamente no pátio. Marcinda nos mostrou o local.

— *Aqui é o pátio central, que dá acesso a todo o Fonte de Luz. Ali temos um pequeno jardim, do lado esquerdo estão nossos alojamentos, biblioteca, o salão da prece e a sala de música. No centro os quartos especiais, que deverão visitar depois, ao lado direito, as enfermarias com nossos abrigados.*

— *O posto está sempre assim, lotado?* — quis saber Doralice.

— *Sim, sempre* — respondeu Marcinda. — *Os abrigos, casas de socorro localizadas no Umbral, sempre estão com suas enfermarias na sua capacidade máxima. Os imprudentes são muitos... Os trabalhadores que socorrem na Zona Umbralina estão sempre nos trazendo necessitados, como também estamos sempre os transferindo para as Colônias.*

Vi todo o posto, era muito singelo. O jardim era muito limpo e com flores variadas. O salão de palestra era grande e confortável. Marcinda explicou:

— *Nós, os trabalhadores daqui, usamos mais este salão que os abrigados. Sempre temos palestras interessantes que nos incentivam ao trabalho produtivo, concertos com músicas que nos elevam e até peças de teatro que nos instruem com prazer.*

O salão da Prece também é interessante, ali trabalhadores e os abrigados, os já melhores, vão orar; a biblioteca tem livros bons, instrutivos, que orientam de modo agradável.

Na primeira noite, fomos brindados com um concerto de piano com músicas lindíssimas.

Logo após, foram nos dadas tarefas. Ajudaria em uma enfermaria masculina. Não diferia muito das da Colônia, tudo limpo, organizado e os necessitados cuidados da melhor maneira possível.

Por duas vezes ao dia são feitas preces que são transmitidas por todo o posto, também são lidos trechos edificantes de bons livros e do Evangelho e ouvidas músicas suaves.

A preocupação dos internos melhores quase sempre é a mesma, a família.

— *Doutor, o senhor não sabe dos meus familiares? Estou aflito por eles, sinto-os em dificuldades. Não tem como o senhor saber deles para mim?* — pediu um senhor.

— *Dificuldades todos nós temos. Levarei seu pedido ao orientador, espero poder trazer a você notícias deles. Quanto tempo faz que desencarnou?*

— *Falaram-me que faz tempo, mas eu não sei. Queria saber deles para aliviar minha angústia.*

Fui até o encarregado de notícias e expus o problema, era o primeiro pedido que recebia ali.

— *Guilherme* — esclareceu pacientemente o orientador —, *temos uma ficha de cada interno com seus dados principais com algumas notícias, as mais importantes, de suas famílias. Amigo, você viu as enfermarias, que achou delas?*

— *Estão lotadas, quase todos os leitos ocupados, internos muito necessitados, a maioria com remorso, muitos nem sabem que desencarnaram. Há muito trabalho e poucos trabalhadores* — respondi.

— *É muita alegria receber voluntários para nos ajudar* — prosseguiu o orientador —, *mesmo que sejam temporários, como seu grupo. E logo verá que muitos querem ser auxiliados com exclusividade, entendemos que não é à toa que querem ser servidos, porque, se quisessem servir, seriam um dos trabalhadores. Não há tempo para os muitos pedidos. Venha, vou lhe mostrar a ficha deste senhor.*

O orientador foi comigo à sala de cadastro, onde estão os fichários, e me deu uma ficha para ler. Era do meu pedinte. Nome, datas e o que me interessava: aquele senhor viveu alheio à família, não deu importância à esposa fiel e trabalhadeira, não se importou com os filhos. Havia desencarnado fazia tempo, ficando muito tempo no Umbral. No momento, a esposa já havia desencarnado e estava numa Colônia, os filhos tinham problemas, mas estavam bem, uma de suas filhas teve o filho desencarnado por acidente ainda jovem.

— *Desculpe-me* — pedi —, *vou prestar mais atenção nos pedidos.*

O orientador sorriu e eu voltei ao trabalho. Contei a ele tudo que li sobre sua família.

— *Mas isto já sei, não me contou nada de novo!*

Nem agradeceu. Muitos abrigados exigem, sem ter ideia do que seja servir. E a todos que me pediam, lia nas fichas e dizia. Não seria possível ir até os familiares de cada um, saber mais para eles. No Posto de Socorro, principalmente os do Umbral, dificilmente há aparelhos em que possam os abrigados ver seus lares. E a visita deles a entes queridos é difícil, porque esta deve ser feita com eles melhores, recuperados de remorsos, reflexos de doenças e perturbações. Mas nada é regra geral. Muitos internos, para que melhorem, muitas vezes precisam ter resolvidos problemas familiares. E um fato que perturba muitos recém-desencarnados são brigas por heranças. É triste, mas às vezes o abrigado tem que ser adormecido para ser ajudado.

Fui conversar com um moço, deveria ter desencarnado com trinta anos.

— *Como está passando? Como se chama?* — perguntei gentilmente.

— *Luís Cláudio. Estou muito mal! O senhor é médico? Eles não me deixam ver minha família e nem que eles venham me visitar. Faz tempo que estou aqui, já melhorei. Sofri um acidente feio com meu caminhão, por pouco não morri. Quero ver minha mãe, às vezes sinto-a me chamar e chorar.*

— *Você disse que está mal e, logo depois, que melhorou* — comentei sorrindo.

Ficou quieto. Ele tinha ferimentos e queimaduras pelo corpo perispiritual. Reflexo que teimava em manter. Tinha momentos de lucidez para logo depois se perturbar novamente; por mais que lhe explicasse sobre desencarnação, ele se iludia, não prestava atenção, fazia de conta que não era com ele, e isso estava retardando sua recuperação.

— *Luís Cláudio* — tentei elucidá-lo com carinho —, *seu corpo físico morreu naquele acidente; você, sua alma, seu espírito continua vivo e...*

— *Olhe o caminhão! A barra da direção quebrou! Meu Deus! Vou bater! O barranco! Socorro!...* — começou a gritar.

Abracei-o e tentei acalmá-lo com palavras carinhosas:

— *Calma, meu amigo! Já passou! Está entre pessoas que o amam. Vamos orar: "Jesus, nosso irmão e mestre, ajuda-nos que estamos desgarrados de teu rebanho. Dá-nos a bênção do teu amor e que possamos sentir teu afeto, tua paz e nos acalmar. Auxilia a fortalecer nossa confiança, ensina a amar e aceitar teus desígnios. Amém!".*

Luís Cláudio adormeceu tranquilo.

Tinha poucas horas livres e as passava conversando com os trabalhadores, ouvindo músicas, lendo ou estudando alguns casos interessantes.

Adriano nos convidou para visitar a parte central do Fonte de Luz. Entramos por um corredor com vários quartos individuais.

— *Alguns abrigados estão aqui por ordem superior* — explicou Adriano. — *Somente alguns postos têm esta enfermaria ou quartos individuais e que são trancados. Por muitos motivos, porque sempre tem motivos, alguns necessitados ficam separados. Eles não saem sem permissão, somente quando recuperados que poderão se juntar aos outros. Ao conhecê-los, vocês entenderão o porquê de eles estarem aqui.*

Nosso orientador parou na primeira porta e continuou a explicar:

— *A interna que verão agora foi uma religiosa na Terra, está aqui após ter vagado por setenta e cinco anos em zonas tenebrosas e fazendo o mal. Quando começou a se arrepender, um espírito boníssimo, que foi seu pai na última encarnação, intercedeu por ela e a trouxe para cá; não sairá daqui até que queira de fato mudar.*

— *Se libertada, voltará ao mal?* — perguntou Inácia.

— *Acreditamos que sim* — esclareceu Adriano. — *Venha, vamos conhecê-la!*

Abriu a porta e vimos, sentada na cama, uma mulher aparentando de trinta e cinco a quarenta anos, bonita, vestida de hábito marrom. Sorriu para nós, simulando santidade e suavidade.

— *Ora, ora, temos visitas hoje? Quem são os belos rapazes, espero que não sejam beatos...*

Sorriu e se transformou, deixando-nos espantados, chifres apareceram na sua cabeça, alguns dentes cresceram, enrugou-se e gargalhou. Adriano continuou como se nada tivesse acontecido. Colocou as mãos sobre sua cabeça e orou, enquanto Efigênia, uma servidora da Fonte de Luz, arrumou o quarto. Passado o espanto, pusemo-nos também a orar. Ela se aquietou e seus erros passaram por sua mente. Para aprender, entender, pudemos captar estas lembranças:

Foi para o convento mocinha, tinha dezesseis anos, nos primeiros tempos foi boa freira, depois foi decaindo, amante de outros religiosos, à noite trocava de roupa, saía escondida do convento, indo prostituir-se, fez três abortos, desencaminhou outras religiosas, roubou dinheiro de esmolas. Uma vez uma superiora desconfiou e ela a matou com veneno. Desencarnou com câncer nos pulmões; desligada por trevosos, com eles ficou, continuando suas maldades e depravação. Nutriu inveja por pessoas boas, tinha ódio de quem praticava o bem.

Transformou-se novamente, agora numa mulher sofrida e triste, chorou. Com a mão, nosso orientador nos fez entender que era hora de irmos embora.

— *Fique com Deus, filha! Que o Pai a abençoe!* — Adriano se despediu.

Ao fechar a porta, nosso cicerone explicou:

— *Ela se arrependeu dos erros, mas ainda falta acabar com o ódio que tem por pessoas honestas. Creio que levará mais algum tempo para receber alta e, quando o fizer, seu pai deverá levá-la para reencarnar, terá a graça de recomeçar com o esquecimento em outro corpo físico.*

Antes de entrar no segundo alojamento, Adriano nos informou:

— *O ocupante deste quarto, na última encarnação, foi deficiente físico e mental, mesmo assim não conseguiu ainda fazer com que o ódio e a revolta abrandassem, viveu dezenove anos abandonado pelas ruas e obsediado. Quando desencarnou, o trouxemos para cá para que não continuasse sendo perseguido. Necessita de perdão e de perdoar a si mesmo. Em encarnações anteriores, foi sempre muito autoritário, cruel, ladrão e fez, consequentemente, muitas vítimas, inimigos que não o perdoaram.*

Entramos, vimos sobre a cama um ser deformado, corpo pequeno, magro, moreno escuro, lábios grandes, olhos puxados, careca e testa larga; sorriu para nós.

— *Oi, Tiãozinho! Como está?*

Balançou a cabeça rindo. Arrumamos o quarto e nos reunimos em torno dele para orar lhe dando um passe. Depois, Marcinha, uma moça da nossa equipe, perguntou curiosa:

— *Ele não poderia estar na Colônia com outros jovens? Por que está aqui sem poder sair?*

Adriano sorriu e respondeu tranquilamente:

— *Muito já foi feito para sua recuperação sem resultado satisfatório, porque, mesmo tendo ainda o reflexo do físico deficiente e estando aqui, não deixou de odiar, é revoltado. Sendo assim, não se fez merecedor de ir para uma Colônia. Está aqui porque é o melhor local onde poderia ficar no momento. Ódio também une, se deixá-lo em enfermaria comum no posto, com certeza sairá e irá até seus inimigos. Se lerem seus pensamentos, verão que confunde tudo, as lembranças das últimas encarnações passam como um filme em sua mente, e ele se vangloria de seus erros. Foi socorrido após ter desencarnado nesta encarnação, porque foi doente e também em benefício às suas vítimas, agora algozes, para que estes, sem a presença dele, esqueçam e perdoem.*

— *Compreendo* — desculpou-se Marcinha. — *Como será seu futuro?*

— *Terá um tempo determinado para ficar aqui. Sua recuperação dependerá dele. Terá que reencarnar...*

— *Se não se recuperar, voltará ao corpo físico deficiente?* — perguntei.

— *O corpo carnal age como um filtro* — explicou Adriano. — *Sim, se não se recuperar, deverá voltar de novo deficiente, mas desta vez terá uma família que o auxiliará.*

— *Ao errarmos, não calculamos o peso da reação!* — exclamou Glória, penalizada.

Ficamos em silêncio e vimos o que ele pensava. Rindo, pois ria muito, mandava castigar quem lhe desobedecia, e seu castigo predileto era amarrar pessoas para que cavalos puxassem, arrastando-as pelo chão. Assassinou muitas pessoas de modo cruel. Com o passe, Tiãozinho também ficou quieto, parou de rir e duas lágrimas correram pelo rosto.

— *Ele reagiu a nossas energias!* — admirou-se Maura.

— *Sim, e isto é bom* — concordou Adriano.

No terceiro alojamento tinha um homem que nos impressionou por ser muito feio. Arrumamos tudo, demos um passe e ele agradeceu.

— *Obrigado! Deus os abençoe e proteja por não terem feito o mal que fiz. Como seria bom se eu também fosse como vocês! Agradeço ao Pai pelo castigo não ser eterno!*

Saímos e aguardamos explicações, e Adriano as deu:

— *Esse irmão morou muitos anos no Umbral, pertencia a um grupo desencarnado e fizeram juntos muitas maldades. Cansou, arrependeu-se e veio aqui pedir auxílio. Está neste quarto porque seus ex-companheiros o chamam constantemente, sentindo-se ainda ligado a eles, poderia, num destes apelos, sair e voltar para a antiga forma de viver. Ele nos implorou para ficar isolado porque teme ir para junto deles num destes clamores; aqui está seguro, não consegue sair. Ele sofre, angustia-se quando eles o chamam. Logo vai ser transferido para a Colônia, onde estudará e começará a fazer pequenas tarefas. Vocês sabem que aqui na Fonte de Luz, como em muitos outros postos, os socorridos somente entram com permissão, mas são livres para sair.*

Adriano fez uma pequena pausa, indicou o outro quarto e nos informou:

— Aqui está uma mulher, desencarnou assassinada, foi uma ladra, uma viciada em adquirir objetos alheios. Não ligou por ter deixado o corpo físico e se enturmou logo com um grupo morando numa cidade umbralina, começou a roubar objetos de companheiros e se deu mal. Castigada, ficou presa num cubículo numa caverna; após muito sofrer, clamou por socorro e foi trazida para cá. E sabem vocês por que está aqui? Porque pegava das companheiras de enfermaria tudo que conseguia, água, alimentos, roupas. Uma das nossas assistentes, ao arrumar seu leito, achou entre seus lençóis livros, fotos etc. As abrigadas agitaram-se. E o nosso coordenador achou melhor colocá-la aqui, está fazendo um tratamento recuperativo, logo vai para a Colônia, será internada no hospital na ala em que se recuperam os viciados. Esperamos que ela entenda e supere, porque não cabe, num lugar de socorro, alguém que rouba objetos alheios.

Entramos no quarto, ela nos recebeu sorrindo, agradeceu educadamente o passe. Pareceu, a nós, completamente normal, entendia por que estava ali, queria largar o vício. Ao sairmos, Adriano elucidou:

— Prendemo-nos ao vício, somos escravos dele, até que nos conscientizamos, lutamos e os vencemos, aí nos tornamos livres. Roubar, para muitos, é um vício que não acaba com a morte do corpo físico; ela sentia prazer em fazê-lo. Por isto sofreu e quer superá-lo. Como vimos, não consegue sozinha, por isso vai fazer esse tratamento na Colônia. Digo a vocês que é mais fácil livrarmo-nos de vícios quando estamos encarnados. Roubar é grave, e como se pode sofrer por isso!

Ouvimos uma sirene e Adriano esclareceu:

— São socorristas que chegaram do Umbral. Não querem ajudá-los?

Rápidos, fomos ao pátio. Trabalhadores vieram com dezenas de socorridos, necessitados de tudo. Olhei penalizado, estavam em farrapos, quase todos sujos, olhares cansados ou perturbados.

Aproximei-me de uma senhora, transmiti a ela energias querendo ajudá-la, senti por momentos o que ela sentia, em sua mente pensava cenas de sua vida. Via filhos e netos, teve uma existência normal, porém sem religião e não ensinou os filhos a ter uma. Acreditava que tudo acabava com a morte, revoltou-se com a mudança que teve de fazer quando seu corpo físico morreu, odiou a Deus, julgando-se vítima e que estava encarnada.

Um homem pegou em meu braço e pediu:

— *Doutor, o senhor é médico? Ajude-me! Não quero morrer! Sou jovem, tenho amigos, gosto da vida e já fui castigado o bastante nesta perturbação por uma dose excessiva. Por favor!*

Observei-o e vi que ele também não sabia que havia desencarnado. Seus pais brigavam muito, não lhe dando atenção, resolveram separar-se e nenhum dos dois queria ficar com ele, foi morar com sua avó; insatisfeito, quis dar um susto nos pais, fez uso de uma overdose de cocaína e desencarnou, foi desligado por desencarnados trevosos que o levaram para o Umbral. Tudo o que passou julgava ser perturbação da droga.

Os socorridos foram separados, alguns encaminhados para as enfermarias e outros continuariam no pátio.

— *Serão levados para um Centro Espírita na Terra para serem doutrinados por incorporação numa sessão de orientação a desencarnados ou de desobsessão* — explicou o coordenador.

Logo veio um aeróbus; eles, inclusive os dois que eu havia tentado ajudar, foram levados para a sessão que começaria logo após.

Alguns dos socorridos, um grupo de vinte, ficaram no pátio aguardando, porque seriam levados para a Colônia, receberam os primeiros socorros ali mesmo no pátio; ficamos, minha equipe, com eles. Adriano, que veio se encontrar conosco, explicou:

— *Estes já estão em condições de ir para a Colônia, são três que vieram hoje, os outros estão há tempos em nossas enfermarias e têm que dar acomodações aos que chegaram. Estão aptos para estudar e fazer algumas tarefas, o trabalho é o melhor remédio para nossas lamentações e dores.*

Um senhor aproximou-se de mim.

— *Como a morte é complicada! Quando meu corpo morreu, não acreditei, pensei que estava louco, foi um caos. Fiquei furioso na minha casa por eles não me darem atenção. O que já estava difícil com minha desencarnação ficou pior, e minha esposa foi a um terreiro que faz trabalhos espirituais pedir ajuda e eles me tiraram de lá e me deixaram no Umbral. Foi horrível! Mas fui socorrido, levado ao Centro Espiritual para que entendesse; compreendi e me entristeci, não queria ter desencarnado. Saí daqui e voltei para meu ex-lar, porém fiquei esperto, não queria ser preso novamente, mas não achei mais graça, estava morto para eles. Sofri, perturbei-me e pedi abrigo aqui de novo. Agora vou ser transferido e estou com medo! Que irei encontrar? Como serei tratado? Que farei?*

— *Você vai gostar da Colônia, é muito bonita, vai aprender como viver sem o corpo físico; para isso irá estudar e fazer pequenas tarefas. Ânimo, alegria, será feliz* — animei-o.

O senhor suspirou, encheu os olhos de lágrimas, agradeceu e ficou no seu lugar na fila.

Três horas depois, o aeróbus voltou, os que foram orientados no centro espírita desceram e Adriano nos pediu para conversar com eles, informando:

— *Alguns serão levados para a Colônia, outros ficarão aqui para ver se realmente querem o socorro.*

— *Não entendo por que alguns não querem a ajuda oferecida, se todos pediram socorro* — Maura quis entender.

— *Pedir quase todos pedem* — esclareceu Adriano —, *mas alguns querem somente o alívio de seus padecimentos, ainda* não amadureceram para ser socorridos sem perturbar o ambiente de socorro em que se encontram. Outros não gostam do que temos para lhes dar e, sem saber o que querem realmente, ficam aqui até que decidem; estes, muitas vezes, saem e voltam a vagar quase sempre nos ex-lares terrestres.

— Por isso que sabemos que muitos ficam neste vaivém — compreendeu Glória.

— Sim — esclareceu Adriano —, até que queiram mudar, melhorar, largar de ser servido para servir.

Aproximei-me daquela senhora com que conversei anteriormente, ela estava chorosa e me disse:

— Que vergonha! Estava prejudicando minha filha! Pensando que ajudava...

— O importante agora é que, sabendo o que aconteceu, queira aprender a viver como desencarnada para não dar mais estes vexames — sorri gentil.

— Pensava que morria, acabava. Tantos voltam para contar, eu acabei de fazê-lo, mas era mais cômodo acreditar que tudo acabava com a morte.

O moço também veio dar sua opinião.

— Não é que morri, doutor! O senhor também é desencarnado como eles ensinam, não é? Tem o corpo igual ao meu. Que estranho! Aquela perturbação não era da droga, era tudo verdade, morri e fui levado para um lugar ruim que merecia. Agora que sei, vou para minha casa.

— Por que não faz o que foi recomendado? Vá aproveitar o tempo para aprender, continuar a viver de forma digna — pedi.

— Perder o resultado do que fiz? Não queria me suicidar, deu errado, arrisquei e morri, e, já que o fiz, quero ver se eles sofreram por isso — decidiu.

— Com certeza quem mais sofreu foi você. A vida continua lá e aqui. Os encarnados têm a vida deles, você pode decepcionar-se. Não faça isso — aconselhei.

Não me respondeu, entendi que ele voltaria. Foram separados, a mulher foi para a Colônia, despediu-se de mim com um abraço, o moço ficou, foi para uma enfermaria. Sabíamos que ele voltaria a qualquer hora para seu ex-lar ou para perto dos pais. Perturbaria, sofreria, faria sofrer e estaria exposto a desencarnados mal-intencionados que poderiam pegá-lo e ser levado novamente para o Umbral. Mas a escolha seria dele.

Fiquei no pátio até todos serem recolhidos, Adriano aproximou-se:

— Está pensativo, doutor Sorriso?

— Como se tem doentes, como os reflexos do corpo físico são fortes em tantos desencarnados! — lamentei.

— Fala isso por ser médico, está a diagnosticar, meu amigo. Mas, quanto mais você atende, cuida, mais fixa seus conhecimentos. Quem dá cria uma fonte inesgotável. Quando se faz sem esperar nada em troca, sem segunda intenção, caminha-se para a evolução.

— Você tem razão, obrigado — agradeci a preciosa lição.

No outro dia, unimo-nos à equipe que veio estudar.

O Umbral é um local interessante, triste, acidentado, barrancos, pouca vegetação, lamas, buracos, cavernas, pouca claridade, névoa, odor quase sempre fétido. Tem também muitas construções, algumas isoladas, outras agrupadas, que são chamadas cidades e que não cabia conhecê-las nesta excursão. Separamo-nos em grupinhos de quatro.

— É diferente rever o Umbral agora. Sabe, já estive aqui tempos atrás. Quando sofria vagando por aqui, vi-o, sentia-o como um inferno de horrores, hoje o vejo como uma morada do Pai, um lugar de experiências, onde pode se aprender muito, principalmente a dar valor a um trabalho de auxílio. Você já esteve vagando por aqui? Sim! Você se lembra? — Glória me indagou.

— Lembro que sofri muito — respondi. *— Foi após minha penúltima encarnação. Foi na época em que somente queria receber, e quem só quer receber é pobre, miserável. Somente fui feliz quando passei a dar, quando esqueci das minhas misérias auxiliando irmãos. Ao me arrepender me convenci que era*

necessário reparar, fazer o bem. Também vejo agora este local de modo diferente, muitos necessitados precisando de ajuda e poucos trabalhadores.

O Umbral é grande, imenso, há lugares fáceis de ir, uns nem tanto e outros muito difíceis. Os trabalhadores têm como moradia, no período que lá estão servindo, os Postos de Socorro ou Colônias. Saem quase sempre em caravanas, uma equipe, indo normalmente a determinados lugares. Assim sendo, um desencarnado que pede socorro, às vezes, demora para ser atendido por não ter muitos trabalhadores, por estarem longe do local no momento. Também é visto com atenção o pedido para o bem do pedinte. É imprudente socorrer alguém que quer se vingar, deixar as dores para continuar errando e até mesmo é dado um período para socorrer os que querem se ver livres dos sofrimentos.

— *Ei, socorrista! O senhor pode me dar uma informação?*

— *Eu?!* — exclamei.

— *Sim, senhor socorrista.*

Um senhor aproximou-se de mim, me olhando.

— *Quero saber se no lugar em que trabalha está uma mulher de nome Julieta e se está bem.*

— *Sim, temos abrigada esta pessoa e está bem* — respondeu Adriano, que se aproximou.

— *Obrigado! Fico mais tranquilo, este ambiente não é para ela* — disse o senhor.

— *E para você é?* — perguntou Adriano a ele.

— *Por enquanto gosto daqui* — respondeu afastando-se.

— *Esta senhora é a mãe dele, que desencarnou e sem permissão, sem preparo, veio para o Umbral atrás dele e se perturbou e nós a socorremos* — explicou Adriano.

— *Estou pasma, ele disse que gosta daqui* — Glória admirou-se.

— *Lembro a você, Glória, que o Umbral é moradia de muitos desencarnados, e eles dizem estar bem aqui* — esclareceu nosso orientador.

— *Adriano, ele me chamou de socorrista* — encabulei-me.

— *E por que se espanta? Socorrista é aquele que socorre, auxilia, tanto pode ser encarnado ou desencarnado. E você, pelo que sei, é um desde que começou a trabalhar encarnado ajudando o próximo. Este desencarnado não está perturbado, tem conhecimentos e sabe, quando quer, ser educado, nos abordou usando os termos certos. É um morador do Umbral e se vangloria de ser.*

— *Eu, socorrista?* — Ri e parei rápido pensando que ali não era local para rir, coloquei a mão sobre a boca e Adriano, sorrindo, me incentivou:

— *Doutor Sorriso, aqui não é lugar para mais tristezas, a alegria é uma luz neste vale, portanto, não nos prive de seu sorriso.*

Como sempre, nestas situações sorria mais. Minha alegria era por estar satisfeito comigo mesmo. Ver tanto sofrimento e imprudências, maldades era um desprazer externo, sentia-o, mas entendi que tristezas prejudicam e dó sem nada fazer é infrutífero. E eu, embora tivesse pena, fazia todo o meu possível para ajudar, e era este servir, fazer que alimentava minha alegria.

Algumas vezes vi tantos infortúnios que era alívio voltar à Fonte de Luz. Por dias, saímos cedo para retornar à noite, então fomos convidados a excursionar mais longe.

— *Amanhã vamos a umas cavernas, serão dois dias de caminhada do posto* — explicou Adriano.

— *Irei passar a noite fora do Fonte de Luz?* — preocupou-se Glória.

— *Sim* — respondeu tranquilamente Adriano.

— *Será uma grande experiência* — José se animou.

E foi, o terreno acidentado nos fez subir e descer muitas vezes, mas seguimos em linha reta. Ao anoitecer, paramos e Adriano nos convidou a descansar, fizemos uma roda e nos sentamos. Conversamos trocando ideias e Glória concluiu:

— *Pensei que ia ficar cansada, mas não, estou bem.*

— Se todos se sentem assim, creio que já descansamos o bastante. Vamos seguir! — convidou nosso orientador.

À noite, o Umbral parece mais assustador e monótono. Encontramos com um grupo de arruaceiros que tentou nos ofender com xingamentos e gargalhadas. Continuamos como se nada tivesse acontecido; depois, Adriano nos esclareceu:

— Todos nós temos o livre-arbítrio de fazermos o que queremos. E muitos, não fazendo nada, ocupam-se em perturbar aquele que se dispõe a fazer. Não nos cabia nos defender, porque não tem fundamento o que eles disseram, nem tentar, no momento, mudar a forma deles de pensar.

Clareávamos o caminho e um grupo de sete desencarnados nos seguia. Adriano parou, sabíamos bem por que nos seguia, era pela claridade, nosso orientador os indagou:

— Por que nos seguem?

— Vocês têm luzes, e é tão bom não ficar no escuro — respondeu uma senhora.

— Aproximem-se! — pediu Adriano. *— Somos moradores de uma casa de abrigo, somos trabalhadores em nome de Jesus, se quiserem ficar conosco é um prazer. Convido-os a mudar de vida.*

— Se formos com os senhores, iremos morar naquele castelo? E lá seremos escravos? Teremos de obedecer? — perguntou um senhor.

— Não é um castelo, é uma casa de socorro, lá não há escravos, mas tem ordem e disciplina a serem obedecidas — esclareceu Adriano.

— Se não gostar, posso sair? — indagou outra mulher.

— Poderá, mas é bom pensar bem antes de ir, estamos oferecendo ajuda, auxílio e não quero que pensem que estão nos fazendo algum favor em aceitar. Logo irá amanhecer, continuaremos a andar; se quiserem ir conosco, fiquem aqui e nos esperem, na volta os levaremos para uma casa de socorro.

Conversamos com eles mais um pouco, Adriano os deixou unidos e retornamos à caminhada.

Chegamos ao nosso destino à tardinha. Nosso orientador nos explicou:

— *Aqui tem algumas cavernas ou buracos onde estão presos alguns desencarnados. Viemos aqui porque três destes prisioneiros, há meses, clamam por socorro; como é sincero o pedido, pois se arrependeram, viemos buscá-los.*

— *Quem os prendeu?* — perguntou Glória.

— *Outros desencarnados, moradores do Umbral. Sempre têm motivos para fazer prisioneiros, brigas entre eles, vingança* — esclareceu Adriano.

Descemos num barranco, deparamos com uma vala e encontramos nela um homem amarrado, todo sujo, machucado, que fechou os olhos com a claridade dos nossos holofotes ou lanternas. Foi abrindo os olhos devagar e nos olhou com ódio.

— *Que vieram fazer aqui? Gozar com meu sofrimento? Dizer bem feito e quem mandou pecar? Ah, são uns trouxas para conhecer o tarado do vale!* — expressou irado.

Ele estava sentado no chão, amarrado com correntes.

Adriano lhe perguntou:

— *Não se arrepende do que fez? Não quer nosso auxílio?*

— *Vão embora! Que querem saber? Sim, sou um estuprador, gosto de crianças, e daí, que têm vocês com isto?* — gritou com ódio.

— *Vamos embora* — pediu Marcinha, chorando.

Saímos penalizados, Adriano consolou Marcinha, que explicou:

— *Ele me olhou com cobiça que me fez chorar...*

Marcinha é miúda, magrinha, delicada, parece uma menininha. Compreendemos que ali era o melhor lugar no momento para aquele espírito. A dor o faria entender seus erros, iria um dia arrepender-se e querer mudar; aí, sim, o socorro seria bem-vindo.

Adriano sabia aonde deveríamos ir e descemos por outro buraco onde estavam doze desencarnados amontoados. Nosso orientador separou os três que viemos buscar, conversou com os outros, ninguém mais queria vir conosco. Voltamos ajudando os três a subir o barranco.

— *Obrigado, anjo de Deus!* — exclamou um deles.

Já um pouco afastado dos buracos, Adriano parou, deitou os três para que descansassem um pouco e nos explicou:

— Eles são amigos desde quando estavam encarnados, eram ladrões, foram presos no presídio, assassinaram um chefe bandido e mau. Tiveram, também, mortes violentas e aqui foram presos por este chefe, que, ao desencarnar, se uniu aos moradores do Umbral. Ficaram ali por anos, até que juntos resolveram mudar, tornar-se melhores e pediram socorro, seus pedidos foram ouvidos e aqui viemos buscá-los.

— *E os outros, são ou foram companheiros destes?* — quis saber Marcinha.

— *Não, pelo que pude ver, os outros estão sendo castigados, presos por desobediência e por moradores da cidade umbralina* — esclareceu Adriano.

— *Será que este chefe que os prendeu não irá achar ruim por soltá-los?* — indagou Glória.

— *Alguns acham, outros não. Eles têm muitos outros interesses, e também a sede de vingança foi saciada. Porém, ao saber que fomos nós a libertá-los, dificilmente vai querer se confrontar conosco, mas, se quiser, teremos que nos defender, ou melhor, não aceitar seus ataques* — explicou nosso orientador tranquilamente.

Tivemos que carregar os três a maior parte da caminhada. Retornamos pelo mesmo caminho e encontramos quatro dos sete nos aguardando.

— *Senhores, por favor, nos ajudem, queremos mudar, um dia, se Deus quiser, seremos como os senhores* — prometeu um homem.

Nossa caminhada ficou mais lenta, tínhamos que ajudar os socorridos, mas chegamos ao posto sem problemas.

À noite fomos convidados para um concerto no salão de música; como é agradável ouvir boas melodias, como foi útil nossa estadia no Fonte de Luz. Fizemos muitas excursões, mas chegou o momento de partir. Adriano nos abraçou agradecendo.

— *Estes estudos nos são gratificantes, temos por determinado tempo mais trabalhadores conosco. Serão sempre bem-vindos, voltem quando quiserem!*

Retornamos à Colônia, onde ficamos cinco dias, iríamos excursionar entre os encarnados. Aguardei ansioso!

CAPÍTULO 4

Entre os encarnados

— *Como temos entre nós enfermeiros e médicos, vamos primeiro ficar num Posto de Socorro do Plano Espiritual de um hospital de encarnados* — explicou Fabiano, nosso instrutor.

É bem interessante você, sendo desencarnado, estar com encarnados. Embora fizesse três anos que tinha feito minha mudança de plano, havia me acostumado tanto a viver sem o corpo físico que parecia que nunca tivera um. Fiquei a olhar as pessoas encarnadas, observando-as por minutos, pareceram-me pesadas e cheias de problemas.

O hospital estava muito movimentado, muitos doentes, feridos e começava a ter pessoas baleadas, e tanto nós como os profissionais encarnados estavam tendo de aprender a lidar com a situação.

Quase todos os hospitais têm em seu Plano Espiritual um Posto de Socorro onde fica por horas ou dias algum recém-desencarnado e também serve de moradia a trabalhadores desencarnados. Tudo simples, tem somente o essencial. O movimento é grande e, como em todos os lugares de socorro, o trabalho é muito para poucos servidores. Infelizmente, os que querem ser servidos ultrapassam muito os que servem. E ainda há os que criticam os que fazem, em vez deles fazerem algo.

— *Guilherme* — chamou-me Fabiano —, *aqui está Sebastião, o responsável pelo trabalho espiritual neste hospital. Qualquer dúvida chame por ele.* — Cumprimentamo-nos sorrindo. — *Agora, doutor Sorriso, venha comigo, quero que conheça uma pessoa.*

Volitamos e foi uma emoção quando descemos no hospital em que servi encarnado. Veio ter conosco um senhor agradável, risonho, que me abraçou carinhosamente, senti que o conhecia e que me era querido. Fabiano explicou:

— *Este é Antonino, esteve junto de você quando estava encarnado ajudando-o no seu trabalho.*

— *Que bom conhecê-lo, melhor, abraçá-lo! Queria agradecer-lhe. Dei-lhe muito trabalho?* — emocionei-me.

— *Não, você é um bom médico* — respondeu sorrindo.

— *Acho que agora sei com quem aprendi a rir tanto* — disse.

Rimos.

— *Continuo meu trabalho aqui junto a outros médicos. Estão me chamando, deve ser uma emergência, venha me ver mais vezes, doutor Risonho, será um prazer.*

— *Agora, Guilherme, você será doutor Sorriso* — determinou Fabiano.

— *Doutor Sorriso, o apelido lhe soa bem* — disse Antonino com carinho.

Estávamos indo embora quando ouvimos:

— Doutor Guilherme, por Deus, ajude minha menina!

— *Guilherme, você deve ficar e ver o que se passa e tentar ajudar no possível, depois vá ao nosso encontro* — opinou Fabiano.

— *Se não estivesse aqui, se não pudesse vir atendê-la, como seria?* — perguntei.

— *Outro faria, auxiliaria em seu nome* — respondeu o instrutor.

A filha, para quem a senhora pedia ajuda, era uma menina de doze anos que estava com muitas queimaduras. O acidente aconteceu quando ela estava em casa deitada numa rede e seu irmão de oito anos soltou uma bombinha embaixo, queimando a rede e ela, que estava com uma embalagem de acetona removendo o esmalte das unhas.

Foi para a sala de curativos e a mãe ficou orando e pedindo a Jesus que permitisse que eu viesse ajudá-la.

Queimaduras doem muito, mesmo com medicamentos que o médico aplicou, deveria a garota sentir dores. Com permissão, passei a ajudar e tudo ficou mais fácil, ela se aquietou e logo havíamos terminado, ela ficaria com poucas cicatrizes.

Fui com a menina para a enfermaria, sua mãe pôde ficar algumas horas com ela. A garota contou à genitora:

— Mamãe, depois que aquele médico bonzinho, esquisito, meio apagado, entrou na sala, não senti mais dores.

— Só pode ser doutor Guilherme, eu tinha certeza que ele iria ajudá-la. Vamos orar agradecendo, você poderia ter morrido.

As duas oraram para mim. Fiquei emocionado e chorei, estava de pé ao lado da cama e a garota me viu novamente.

— Olhe, mamãe, é o médico bonzinho, está sorrindo para mim.

A mãe olhou e não viu nada, mas concluiu:

— É o doutor Guilherme, sorrindo só pode ser ele, era muito bom e Jesus permitiu que viesse nos ajudar. Quem é bom aqui na Terra é melhor do outro lado!

Voltei para o outro hospital junto da equipe, e nos foi repartido o trabalho. A mim coube uma enfermaria masculina de adultos. Aproximei-me do primeiro leito, ocupava-o um senhor com cinquenta e cinco anos, com fortes dores de cabeça, mas, ao seu lado, um desencarnado, filho dele, que não sabia que seu corpo físico havia morrido, estava com a cabeça muito machucada, desencarnou por um acidente. Chamei por Sebastião, que veio logo e me explicou:

— *Neste caso, Guilherme, adormeça o desencarnado e o leve para o nosso Posto de Socorro, onde será medicado e lá tentaremos orientá-lo. Às vezes, desencarnados assim são levados a um Centro Espírita ou é oferecido socorro, mas cabe a ele resolver, pelo seu livre-arbítrio, o que quer fazer. O pai, inconformado com a morte do filho, puxa-o com o clamor do chamamento e desespero, o moço, também revoltado com a perda do corpo físico, fica junto ao genitor trocando energias; melhora suas dores enquanto o pai piora. Vou levar o filho desencarnado para a enfermaria do posto.*

Voltei minha atenção para o senhor, esta troca de fluidos havia prejudicado seu físico. Adormeci-o dando-lhe um passe, tentei remover os fluidos negativos que o filho lhe transmitia e os que ele criou em si com sua tristeza e inconformação. Tentei transmitir a ele: "*Amigo, somente o corpo físico morre, continua-se a viver sem ele, seu filho necessita que o senhor se conforme e aceite a mudança que fez. Queira sarar, viva com mais alegria e conforme-se!*"

Foi acordado com o médico encarnado a examiná-lo.

— Então, melhorou? — perguntou o facultativo.

— Estou me sentindo melhor.

O médico receitou mais outros remédios e, aceitando minha sugestão, aconselhou o enfermo:

— O senhor precisa conformar-se com a morte de seu filho, certamente se ele puder visitá-lo irá se entristecer ao vê-lo doente e sofrendo assim. Ânimo, sua mulher necessita do senhor. Ore bastante, pedindo auxílio a Deus.

Fiz um trabalho de consolo junto dele e o filho foi orientado num Centro Espírita, mas, infelizmente, o moço não acreditou, iludiu-se crendo que estava encarnado e voltou para perto do pai, que o chamava intensamente. Depois de dias que o senhor teve alta, voltou ao hospital com os mesmos sintomas e o filho junto. Como se sofre por reagir de forma incorreta a algo natural como a morte do corpo físico! Foi depois de tempo que o filho desencarnado, cansado de sofrer, pediu socorro, aí ficou no posto por dois meses e depois foi levado a uma Colônia para que não escutasse os clamores do pai, que, mesmo sem ele, continuava doente e demorou a sarar.

Num dia chuvoso, depois de uma grande tempestade, deram entrada no hospital muitos desabrigados feridos, fui ajudar uma criança de três anos que quebrou a perna esquerda. A casa em que morava desabou e desencarnaram a mãe e o irmãozinho de um ano e dois meses. As duas irmãs mais velhas que ela haviam escapado sem se ferirem. Passadas algumas horas, a mãe desencarnada veio para perto da filha machucada.

— *Mariana, filhinha, dói algo? Mamãe está aqui! Sabe, Renatinho, seu irmãozinho, morreu, vi seu corpinho gelado, machucado, eles o levaram para enterrar. Ele foi morar lá no céu. Pedi ao senhor José, nosso vizinho, para avisar papai lá na fábrica, ele virá logo. A moça da portaria me deixou ficar aqui, pedi a ela, que concordou com a cabeça.*

Certamente nenhum encarnado viu esta senhora, por coincidência a atendente da portaria mexeu com a cabeça. A filha também não a viu. Emocionei-me, o amor de mãe é imenso, aquela senhora não se preocupava com ela, mas com os filhos. Aproximei-me e ela me viu, falei com carinho:

— *Senhora, Mariana está bem, ela só quebrou a perna, logo estará brincando de novo.*

— *O senhor é médico?* — perguntou.

— *Sim, e vejo que a senhora necessita também de cuidados. Seu filhinho precisa da senhora. Venha comigo!*

Segurei sua mão e a levei ao nosso pátio, acomodei-a no leito, dei-lhe um passe e adormeceu. Logo que possível, foi levada para a Colônia, onde ficou com o filhinho, entendeu o que aconteceu, que seu corpo morreu, aceitou, mas rogou ajuda às filhas e seu pedido foi atendido, fiquei encarregado de auxiliá-las.

Mariana era uma criança dócil, inteligente e cativou a todos, encarnados e desencarnados, do hospital. Seu pai foi visitá-la uma vez somente, estava muito triste, desorientado, havia perdido tudo que tinha de material, a esposa e o filhinho.

A garotinha já podia ir para casa, a assistente social do hospital foi procurar o pai, fui junto. A casa já não existia, as irmãzinhas estavam com uma vizinha, mas esta não as queria, a casa era pequena, eram pobres e ela tinha muitos filhos. A senhora queixou-se que o pai delas estava bebendo e que não se importava com nada.

Havia no hospital um jovem médico, casado e que não podia ter filhos, interessou-se por Mariana e começamos a vibrar para que ele a levasse. Trouxe a esposa para conhecê-la, ficamos alegres por ela ter gostado da menina.

— Podemos ficar com ela, mas quero que o pai assine a adoção — determinou a jovem esposa.

Junto com a assistente social fomos várias vezes até o pai, que assinou a adoção. Com os documentos em ordem, Mariana foi adotada e saiu do hospital para seu novo lar. Mas e as outras duas? As irmãzinhas? Tanto fiz que a assistente social, mesmo sem ser seu trabalho, começou a procurar um lar para elas. Nesse período o pai foi despedido e um dia, bêbado, foi atropelado e desencarnou. Acabamos por arrumar um lar para cada uma delas, foram separadas, mas adotadas por pessoas boas. A mãe delas ficou tranquila, as filhas estavam amparadas e o marido socorrido e se recuperando.

Um fato que também me comoveu foi uma moça, Maria de Fátima, que estava obsediada por vários espíritos. Já tinha estado em vários hospitais para doentes mentais e, como havia se machucado muito ao ser atropelada, veio para a enfermaria do nosso hospital. Tinha cicatrizes de queimaduras porque já havia posto fogo em suas vestes.

Sebastião chamou todos da equipe para estudar o caso.

— Aqui temos um caso de sofrimento por não haver perdão. Quando se faz mal a alguém, não se calculam o desenrolar dos fatos e as consequências.

— Não podemos tirar estes desencarnados de perto dela? — indagou Glória.

— O livre-arbítrio tem que ser respeitado. Antes de serem obsessores, foram vítimas que não perdoaram. Vamos, para compreender, saber o que se passou para que ficassem assim presos ao rancor. Maria de Fátima foi em outra encarnação uma mulher rica e caprichosa, casada com um homem mais velho e muito importante, tinha muitos escravos e ela foi autoritária com eles. Fez muitas maldades. Serafim, o desencarnado chefe dos obsessores, era seu escravo, um mestiço bonito que ela fez seu amante, brincando com seus sentimentos. Teve dois filhos, não foi boa mãe, os largava com babás. Seu marido casou Serafim, ela, com ciúmes, amarrou a jovem na cama e ateou fogo, e a moça desencarnou. E quanto às outras duas que se interessaram por ele, Maria de Fátima mandou que cortassem seus rostos, deixando-as deformadas.

Um dia, Serafim, que não a amava mais e tinha medo dela, disse-lhe que não a queria mais. Ela o colocou no tronco, deixando-o sem beber e alimentar-se até que lhe pedisse perdão. O marido desencarnou e o filho queria casar-se com uma moça pobre, ela fez com que Serafim a matasse e pusesse fogo na casa. E assim foi sua vida, fazendo muitas maldades. Quando desencarnou, foi perseguida no Umbral por anos, arrependeu-se, pediu auxílio, foi socorrida e tempo depois reencarnou. Quando tinha doze anos, o grupo de perseguidores a achou e passaram a obsediá-la.

Conversamos com os obsessores, três deles entenderam que o melhor era perdoar, esquecê-la e retomar a caminhada, porque eles haviam parado no caminho para se vingar.

Maria de Fátima melhorou, teve alta e o pai foi buscá-la.

Sebastião intuiu o médico, que falou:

— O senhor continue com as vitaminas, não a deixe sozinha e leve-a para benzer, para tomar passes no Espiritismo.

O pai agradeceu, tinha pensado nisto, estava cansado de ver a filha sofrer e, agora que o médico recomendou, ia levá-la.

O médico ficou vermelho depois que falou e pensou:

"Preciso de umas férias, estou trabalhando demais! Como pude dizer isso ao homem, eu nem acredito nisso!".

Sebastião, sorrindo, nos explicou:

— *Se o pai a levar, talvez tudo acabe bem, no Centro Espírita eles serão orientados e, provavelmente, acabem por perdoar.*

Muitos desencarnavam no hospital. Aprendemos a desligar o perispírito do corpo morto e neste aprendizado vimos que nem sempre é possível esta ajuda. Alguns desligados iam para a colônia, outros para o posto porque não tinham merecimento de um socorro maior, e ia depender deles ficar ou sair para vagar, voltar ao lar terrestre. Outros, após um tempo conosco, iam para a Colônia ou outro lugar de auxílio, onde eram esperados por amigos ou familiares. E alguns que não podiam, não era possível no momento desligar, iam para o enterro e, às vezes, eram enterrados junto do corpo físico morto.

Para estudar, acompanhamos um desencarnado, um homem de quarenta e dois anos que se suicidou.

Era a primeira vez que ia desencarnado a um cemitério.

Vimos vários espíritos fazendo arruaça pelos túmulos e muros.

— *Às vezes aqui é um silêncio total* — explicou Sebastião. — *Outras vezes, como agora, bandos de desencarnados que vagam e gostam de bagunçar, vêm para cá em busca de divertimentos. Temos alguns trabalhadores auxiliando neste local, e em quase todos os cemitérios há um pequeno abrigo que é usado para os primeiros socorros. Vamos cumprimentar os socorristas deste, que estão sob a orientação de Laura, uma amiga querida.*

Laura nos cumprimentou sorrindo e nos apresentou cinco espíritos que ali serviam com ela.

— *Viemos ver que acontecerá com este senhor que se suicidou* — disse Glória.

Marcília, que trabalhava com Laura, nos explicou gentilmente:

— *O suicida é um imprudente que sofre muito, ilude-se pensando fugir do sofrimento para sentir outro pior. Não existe regra geral para o sofrimento do suicida, suas dores são muitas, mas a misericórdia do Pai é maior. Necessita o suicida de se perdoar e também do perdão dos que sofreram pelo seu ato. O senhor que vocês viram desencarnar no hospital logo será enterrado, infelizmente deverá ficar no corpo por um tempo. Está irredutível, não se arrependeu ainda. Mas venham comigo. Logo ali, está outro que se suicidou por motivos banais, um jovem de dezoito anos. Faz dois meses e cinco dias que isso ocorreu. Creio que hoje poderemos desligá-lo. Vocês não querem me ajudar?*

O que vimos fez muitos da equipe chorar, eu me emocionei penalizado. O espírito do jovem estava ainda preso ao corpo que se decompunha. Ele gritava e chorava desesperado. Unimos nosso esforço e o desligamos, num puxão o tiramos da cova, Marcília o abraçou, e ele continuou a chorar.

— *Moça, pelo amor de Deus, me ajude! Não pensei sofrer isso tudo quando fiz esta tolice, pensei morrer, acabar. Ouvi sempre dizer que sobrevivemos à morte do corpo, mas duvidei. Tenha piedade de mim! Enlouqueço!*

Levamo-lo para o pequeno posto e o limpamos, mas era tão forte a imagem dos vermes comendo seu corpo físico, que ainda os sentia.

— *Será levado a um Centro Espírita, uma sessão que orienta suicidas, mas levará tempo para melhorar, continuará tendo socorro, se quiser, num hospital próprio para suicidas, mas ele é livre para ir vagar. Se fizer isso, sofrerá mais* — explicou Marcília.

— *Há muitos suicidas neste local?* — quis saber Josué.

— *Infelizmente sim, por isto temos muitos socorristas encarnados e desencarnados trabalhando, tentando evitar que* cometam este ato impensado. Mas os imprudentes são muitos... Temos aqui um pedido de uma filha para que ajudemos a mãe, que desencarnou há algum tempo — informou Marcília.

A senhora desencarnada estava no corpo, apavorada, dois desencarnados a chamavam insistentes. Laura nos esclareceu:

— Estes dois espíritos foram, quando encarnados, amantes dela, que a amaram e ela brincou com os sentimentos deles. Não querem vingança, mas que os acompanhe ao Umbral. Ela não quer, arrependeu-se de ter errado, mas não de modo a ser antes socorrida e ter merecimento de ir para uma colônia.

Com a nossa presença, os dois desencarnados afastaram-se correndo e Laura a chamou:

— Dona Maria, venha conosco! Somos amigos!

Ela ergueu a cabeça, nos olhou e deu a mão para Laura, que a puxou. Num trabalho rápido a desligamos da matéria podre. Laura a deixou no posto e fomos ver outro desencarnado que chorava em cima de um túmulo luxuoso.

— Por que está chorando, senhor? — indagou Marcinha.

— Porque morri e meu corpo está aqui apodrecendo, e os meus familiares brigando pelo meu dinheiro — respondeu ele.

— Isso não deveria preocupá-lo — tentou Josué consolá-lo. — Tudo que tivemos para viver encarnados fica com a morte do corpo, o que é matéria é da matéria. O corpo volta à natureza, os bens que julgamos possuir ficam para os que permanecem encarnados. Não pensou nisso?

— Ora, preciso de soluções, e não de conselhos. Pensou? Pensava? Claro que não, não julguei que ia morrer tão cedo. Quando achar uma solução sem ser estas tolices, venha me ajudar. Que tristeza morrer! Como é ruim ter de deixar tudo. Fico aqui na esperança que alguém me acorde ou que me faça voltar para meu corpo — disse ele.

— Você, quando seu pai morreu, embora gostasse dele, achou bom por ter ficado com a herança, não foi? Agora acontece o mesmo com você. Seus filhos gostam de você, mas estão achando bom ficar com o que julgava ser seu — Laura quis que ele entendesse.

— Não os chamei aqui, me deixem... — exaltou-se.

Afastamo-nos e Laura nos esclareceu:

— Esperamos que este senhor entenda logo e chame por socorro para que possamos ajudá-lo. Ele não foi mau, não tem inimigos, tem até algumas pessoas a quem ele fez o bem com seu dinheiro que tentam auxiliá-lo, mas, como vimos, ele não quer...

— Laura! — chamou Cláudio aflito. — Acho que fiz algo indevido... Estava do outro lado, vi uma senhora desencarnada presa a uma cova, soltei-a e ela fugiu dizendo ter de se encontrar com a filha no orfanato.

— Sei de quem se trata. De fato, Cláudio, não se faz algo por aqui sem saber se pode. Esta senhora tinha somente trinta e seis anos quando desencarnou, e isso ocorreu por imprudência dela, bebia muito e teve uma doença crônica que a levou à desencarnação precoce. Deixou duas filhas que estão no orfanato desde que nasceram porque ela não as quis. Mas, desde que desencarnou, preocupa-se com as meninas, porém, perturbada como está, não é conveniente a sua aproximação delas. Vamos ao orfanato atrás dessa senhora.

Os fluidos de um orfanato são muito heterogêneos, crianças são normalmente alegres, mas ali sentem falta de pais, lar, algumas são saudosas e tristes, outras até revoltadas. Veio nos receber logo na entrada uma trabalhadora desencarnada, que suspirou aliviada.

— Amiga Laura, ia chamá-la, a mãe de duas garotinhas está aqui. Ela não pode ficar, está muito perturbada, chora e grita e as meninas também.

Entramos, e no dormitório estavam as duas meninas, a mais velha, com seis anos, chorava muito e uma encarnada, trabalhadora do orfanato, tentava acalmá-la.

— Que tem? Por que chora assim? Está doente? Por favor, me responda!

Tivemos que pegar à força a desencarnada. Glória e Marcinha ficaram com as meninas, tentando acalmá-las. Laura nos explicou:

— *As garotas são sensíveis, a mais velha tem mediunidade mais acentuada, por isso sentiu a mãe. Vou levá-la a um Centro Espírita e convido vocês a me acompanhar, logo se iniciará um trabalho de orientação a desencarnados, pedirei a Alexandre, um amigo desencarnado, trabalhador do centro, para que auxilie esta senhora, não por ela, mas pelas meninas.*

É gratificante entrar num Centro Espírita, estavam reunidos desencarnados e encarnados orando, esperando o início, e a oração deixava o ambiente com energias benéficas que acalmaram até a senhora, que parou de gritar pelas filhas. Alexandre nos atendeu bondosamente e esclareceu:

— *Orientaremos esta senhora e a levaremos para um posto de socorro, ficar ou não dependerá dela.*

— *Mesmo orientada, pode não querer o socorro; que coisa! Parece que tem pessoas que gostam de complicar* — comentou Glória.

— *E se ela voltar para junto das filhas?* — indagou Marcinha, preocupada.

— *Ela não poderá ficar no orfanato* — esclareceu Laura. — *Poderá aceitar o socorro ou vagar, mas foi determinado pelo Alto que as filhas não a tenham por perto.*

Foi muito prazeroso participar dos trabalhos, sim, é um trabalho em que participam encarnados e desencarnados. A senhora recebeu a orientação, entendeu que seu corpo físico morreu e foi levada para um Posto de Socorro. Interessamo-nos muito pela reunião dos dois planos, físico e espiritual. Compreendi que, quando queremos, estamos sempre unidos. Existem desencarnados ajudando encarnados e vice-versa. Quem serve está sempre auxiliando, e os que são servidos sempre precisando de ajuda. Por isso é sempre uma alegria quando se muda de necessitado para um ser útil.

Um desencarnado, ao ver de perto a diferença que agora existe entre eles, entende que seu corpo físico morreu e que continua vivo, que terá que aprender a viver como tal. É um trabalho muito bonito. Quando terminou, uma senhora encarnada que recebeu uma ajuda, sentindo-se aliviada, exclamou:

— "Benditos os que servem em nome de Jesus!" Deixou-nos emocionados. Alexandre nos convidou:

— *Amanhã temos outro trabalho, diferente, de estudo, e depois uns médiuns que começam a treinar a psicografia continuarão na reunião. Não querem ir?*

Aceitamos contentes, também ficamos para ajudá-los. Após um trabalho de orientação a desencarnados há muito que fazer. Alguns socorridos querem ir para suas colônias de origem, ou seja, no espaço espiritual em que viveram a última encarnação. Outros estavam apavorados, com medo do desconhecido. Agora que sabiam que tinham desencarnado, que seria deles? Como iam continuar vivendo? E ainda havia os doentes, melhoraram com os fluidos recebidos, mas ainda sentiam os reflexos das doenças que tiveram. Conversamos com eles, e após duas horas uns foram transferidos, e outros ficariam alguns dias no posto de socorro do centro Espírita.

Voltamos para o hospital e na noite seguinte viemos para a reunião de estudo e psicografia.

O grupo era formado de várias pessoas e alguns médiuns que estavam estudando *O Livro dos Médiuns*, de Allan Kardec. Um dos presentes abriu o livro no capítulo XXIV — Identidade dos Espíritos e começou a ler:

"A questão da identidade dos Espíritos é uma das mais controvertidas, mesmo entre os adeptos do Espiritismo. Porque os espíritos de fato não trazem nenhum documento de identificação e...".

Leu o texto e houve comentários:

— Só recebo mensagens de espíritos não conhecidos, queria tanto receber de um que sou fã... — lamentou Léa, uma médium.

O que leu, que presidiu a reunião, estava ali também para aprender, porque sempre temos algo novo para saber, era uma pessoa de conhecimento, porque estudava muito, tentou esclarece-la:

— Léa, não deseje isto demasiadamente. Vamos analisar a situação. Este desencarnado talentoso que citou não o era antes de trabalhar com um médium. Pelo que sei, os dois treinaram muito tempo para nos legar obras tão importantes e lindas. Que razão teria ele para escrever por outro, se pode dispor do médium com quem trabalha junto por anos? Será que dispõe de tempo para treinar outro médium? E teria motivos para isto? Mesmo se o médium desencarnasse, este espírito escritor iria querer continuar escrevendo? Como vimos, nomes não têm importância para espíritos superiores. Se ele tiver de escrever mais, certamente para evitar polêmica e em respeito ao companheiro encarnado, pode adotar outro nome. Temos recebido muitas mensagens de Mariana, João Luís e Marcelo que são muito bonitas. Por que dar valor às que assinam nomes conhecidos? Por que não acreditar que outros farão um belo trabalho? Vamos dar valor a todos que almejam trabalhar, evoluir para um trabalho útil.[1]

Gostamos muito do trabalho e depois dos comentários, os médiuns psicografaram mensagens muito bonitas que foram depois lidas. Alexandre comentou:

— *Todos os médiuns deveriam estudar os livros de Kardec e ter como fonte de consulta* O Livro dos Médiuns. *E este capítulo que ouvimos é muito importante a todos que querem psicografar.*

Regressamos ao hospital, onde ficamos ajudando por seis meses. Depois pedi ao meu orientador permissão para trabalhar com uma médica que, na sua encarnação anterior, tinha sido minha mãe.

---

1 N. da médium Antônio Carlos e Patrícia me afirmam que não escrevem por outro médium, nem frequentam nenhum Centro Espírita. Antônio Carlos dedica seu tempo à Literatura e afirma que, se tiver que escrever um dia por outro médium, o fará com outro nome. E Patrícia estuda e trabalha no Plano Espiritual. Somente vem à Terra para ver os familiares.

É o que faço. É uma boa pediatra, estudiosa e dedicada, cuida de uma creche, que visita duas vezes por semana, e está lá sempre que alguma criança adoece.

— *Ei, socorrista! Por favor, ajude a doutora a socorrer minha neta!* — pediu um senhor desencarnado que acompanhava uma jovem senhora com a filhinha.

— *Socorrista?!* — indaguei.

— *Pois não é? Quem socorre não é socorrista? Deve ter muitas histórias para contar... Quem ajuda sempre as tem.*

Sorri, ajudamos a garota.

Ela, a médica encarnada, é feliz e eu sou mais ainda porque é fazendo o bem que um dia poderei dizer: Sou bom. Aleluia!

SEGUNDA PARTE

Esperança

LEONOR

Leonor

CAPÍTULO 1

Relembrando a última existência

Os mal-estares e dores eram fortes, às vezes colocava a ponta do lençol na boca para não gritar, mas acabava gemendo. Quando a crise passou, murmurei para mim mesmo:

"Não reclamei, não posso reclamar..."

E a enfermeira veio, tentei sorrir.

— E aí, Leonor, como está?

Não respondi, e a autoritária senhora me mediu a pressão. Dona Mônica era uma competente enfermeira, alta, musculosa e mandona, para não dizer outros adjetivos que minhas colegas da enfermaria davam a ela, mas comigo era diferente, talvez porque eu nunca me queixava e a tratava com carinho.

— Bom dia, dona Mônica, como a senhora passou a noite? — indaguei-lhe.

— Tive dores de cabeça e...

Parou de falar, ali no meio de tantas doenças sérias, e de mim, morrendo de leucemia, não era conveniente dizer de sua dor de cabeça. Passou para a outra enferma.

— E aí, Maria, tomou seu café? Se não tomou, irá fazê-lo e já.

Não iria longe, como me disse dona Mônica, como também me afirmou o médico diante dos meus problemas, tinha poucos dias de vida. Não tinha energia nem para erguer o corpo da cama, mas o pensamento tem força. Que bom sermos livres para pensar: "Logo, dona Lazinha virá me visitar e me trará notícias de meus filhos".

E ela veio.

— Bom dia, Leonor! Vim cedo porque, você sabe, o serviço é muito. Ontem, aproveitei meu dia de folga e fui às casas deles e lhe trago boas notícias. Marília está linda, gordinha, parece uma boneca, e Eduardo está esperto. A moça é ótima mãe, tem até ciúmes deles. Os avós os pajeiam. Não precisa se preocupar com nenhum deles. Fui também ver Sebastião, que sarou do resfriado, o casal que o adotou gosta muito dele, está indo a uma escolinha, me mostrou seu caderno, desenhou um passarinho, bonito desenho, o garoto tem jeito. É mais fácil para mim ter notícias de Mário, que está com minha vizinha. Ele tem um quarto só para ele, está muito feliz, ganhou uma bicicleta. Claudionor está no sítio, não fui lá, mas ontem o senhor João, o pai adotivo, o trouxe para ele ver Isabel. Ele me disse que está contente, está indo à escola e tem andado a cavalo. Está forte e corado.

Quando dona Lazinha parou de falar, indaguei-lhe:

— Eles perguntaram por mim?

— Somente os três mais velhos. Isabel até que queria vir, mas como pediu para não trazê-la...

— Não quero que me vejam assim. Dona Lazinha, Deus lhe pague, obrigado!

Apertei a mão dela, tive desejo de beijá-la para agradecer, mas me contive, estava com os lábios machucados. Olhei para minha benfeitora, ela tinha lágrimas nos olhos.

— Quando eu me for, diga-lhe simplesmente que morri, fui morar no céu, que os amo, sempre os amarei...

— Prometo — dona Lazinha se emocionou. Foi embora e dona Mônica aproximou-se de mim.

— Ânimo, Leonor, é jovem ainda, não deve pensar em morrer.

— Obrigada, dona Mônica, a senhora é sempre tão gentil! Mas não se esqueça, por favor, de me enterrar logo após minha morte, avise-os quando já tiverem me enterrado. Não quero que meus filhos me vejam morta ou como estou.

— Doença ingrata! — resmungou ela. — Mas pode deixar, prometi, está prometido. Já conversei com a diretoria, eles concordaram. Mas não terá ninguém a orar por você.

Sorri ou tentei sorrir, meus lábios doíam a cada movimento. "Não tem importância, tenho orado tanto..." — pensei.

Os pensamentos vieram... Recordava-me de detalhes. A infância pobre, o namoro com Severino, os filhos, a seca e a vinda para o sudeste, viagem difícil na qual passamos fome, conhecemos o frio, humilhações, falta de emprego.

– Leonor, disse Severino, meu esposo, desanimado com o dinheiro que recebia catando papel, – vamos para outra cidade, também grande, mas menor que esta, talvez lá seja melhor para nós.

E lá fomos nós. Viajamos de trem por ser mais barato. Um vendedor passava vendendo lanches, doía tanto meu estômago de fome como os olhares que as crianças davam, porém não pediam, sabiam que não tínhamos como comprá-los. Um passageiro, vendo-nos, comprou vários lanches para nós, meus filhos, esfomeados, comeram contentes. Pensei: "Como é bom encontrar pessoas boas!".

Mas, ao chegar a tal cidade, ficamos na estação sem saber o que fazer. Dormimos ao relento, comemos o que nos davam, até os outros mendigos repartiam conosco o que tinham. Por duas semanas ficamos ali, um horror, tínhamos medo e não conseguimos tomar banho. Então Severino ganhou uma lona, um plástico grande e fomos procurar um local para acampar. Andamos muito, fomos à periferia, armamos uma barraca e nos acomodamos para dormir, não havíamos comido nada durante todo o dia. Estava grávida novamente. Contei no outro dia cedo para Severino, e ele chorou:

— Como vamos fazer com mais um?

Fomos conversar com os vizinhos, eles, mesmo tendo pouco, repartiram conosco o que tinham. Senhor Joaquim, um senhor que morava sozinho, arrumou para Severino trabalhar como boia-fria. Ele ia de madrugada, trabalhava muito e ganhava pouco. Necessitávamos de tudo, mas dava para comprar alimentos. Não estava me sentindo bem naquela gravidez, era o sexto filho e nunca me sentira assim. "Talvez seja falta de alimentos", pensava. Meus filhos eram bonitos, eu era clara, loura de olhos verdes e Severino tinha os cabelos castanho-claros e olhos azuis. Todos nossos filhos eram louros de olhos claros; embora estivessem sempre sujos e com roupas rasgadas, cabelos espetados, eram bonitos, para mim, lindos. Para tomar banho, tinha que pegar mais água na vizinhança, andava muito, esquentava a água e com uma caneca jogava-a pelo corpo. Meus filhos não nos pediam nada, eram bonzinhos e assustados, vivíamos com medo, de chuva forte, de alguém nos tirar de lá, da lona rasgar com o vento, de Severino perder o emprego. E foi isso o que aconteceu, o serviço acabou e meu marido foi dispensado.

Alguns trabalhadores por ali iam para outra cidade arrumar emprego, e Severino resolveu ir junto.

— Leonor, aqui não tenho o que fazer. Lá vou ter onde ficar e comida, meu ordenado vai ser livre e vou mandá-lo para você. Mando notícias no endereço do senhor Joaquim e o dinheiro dentro da carta.

Tinha muito medo de ficar sozinha com as crianças, mas não pus obstáculos. Queríamos melhorar de vida, nossos filhos precisavam de tudo e a mais velha, Isabel, tinha oito anos e não tinha ainda ido à escola, e eu queria que todos estudassem.

Foi muito triste nossa despedida. Fiquei com as crianças e com alimentos somente para uma semana. Severino foi e as semanas passaram e ele não me deu notícias nem mandou dinheiro, eram os vizinhos que me traziam um pouco do que tinham. Uma vizinha, senhora idosa, recebia ajuda de um grupo que a visitava uma vez por mês e lhe trazia alimentos. Ela me ajudava e contou a eles minha situação e o grupo me visitou. Compadeceram-se de nós. Na tarde daquele mesmo domingo vieram nos buscar.

— Dona Leonor, a senhora ficará no nosso orfanato, num quarto que temos nos fundos, com as crianças; lá receberão alimentação, roupas e tratamento médico. Está grávida de quantos meses?

— Seis para sete meses — respondi. — Mas e se meu marido voltar?

— A senhora não disse que ele ia escrever no endereço do vizinho? Este senhor pode lhe trazer a carta, vamos falar com ele e, se seu esposo voltar, ele dirá onde encontrá-los.

Fui agradecida. Estava sentindo muita fraqueza, um desânimo doído que às vezes tinha vontade de chorar diante do trabalho. Nunca senti isso antes e estava aborrecida por sentir-me assim.

O orfanato era muito grande e o quarto que nos destinaram era espaçoso e com um banheiro ao lado. Achamo-lo maravilhoso.

Naquela noite oramos agradecidos.

— Que bom ter uma casa — agradeceu Isabel, alegre.

— É só um quarto — observou Claudionor, o segundo filho.

— Mas é de tijolo, tem banheiro e como foi gostoso tomar banho e colocar roupas limpas — riu Isabel.

— E comer! Como estava gostosa aquela sopa! — exclamou Mário, o terceiro.

— Por isto estamos agradecendo. Deus colocou pessoas boas para cuidar de nós — expressei.

Eles dormiram logo, fiquei acordada olhando-os, estavam tão mais bonitos limpos e que bom dormir em camas, pensei: “Tomara que eles não se cansem de nós. Amanhã vou pedir para trabalhar, quero fazer algo, este orfanato é tão grande. São pessoas espíritas que cuidam de tudo”.

No outro dia, conheci dona Lazinha, que trabalhava havia anos lá, e lhe pedi:

— Quero fazer algo, ajudar.

— É melhor a senhora cuidar de seus filhos, mas varra o pátio, se quiser.

Estava tendo dificuldades para trabalhar, mas varri todo o pátio. Sentia mal-estar, uma moleza que dava vontade de chorar, mas não reclamei. Tinha dentro de mim uma certeza de que tudo estava sendo justo e que não tinha por que me queixar, e não o fazia, nem com as panelas vazias, estômago doendo de fome, com medo, dores, por nada.

Depois de dois dias, dona Lazinha veio nos buscar; o médico que atendia o orfanato estava lá e ela ia nos levar para consultar.

As crianças estavam bem, o médico receitou remédios para vermes e vitaminas. Alimentando-se direitinho, logo estariam sadios. Mas, ao me examinar, fez muitas perguntas e concluiu:

— A senhora não deve varrer o pátio, deve descansar e vou interná-la no hospital para que tome sangue e soro. Está anêmica e fraca.

— Mas e meus filhos? — indaguei.

— Eu cuido deles, aqui não tem perigo — afirmou dona Lazinha.

— Amanhã cedo pedirei para levá-la, esteja pronta no horário que marquei — ordenou o médico.

Meus filhos ficaram assustados quando lhes contei que ia para o hospital, mas Isabel prometeu:

— Pode ir, mamãe, tomo conta deles, depois, é só por uma noite. Aqui não precisamos ter medo.

De fato, deu certo, fui e fiquei por trinta e seis horas, voltei sentindo-me mais forte e tive a certeza que o nenê também. As crianças ficaram bem. Elas brincavam com as outras crianças e os dois mais velhos, que tinham idade para ir à escola, não podiam frequentar por estar quase no fim do ano letivo. Mas uma garota interna do orfanato começou a ensiná-los, ficaram animados.

Fazia um mês e meio que estávamos ali, quando o senhor Joaquim, meu ex-vizinho, me trouxe uma carta. Senti angústia ao pegá-la, a letra não era de Severino. Abri e li. Estava a missiva me dando a notícia que ele havia falecido.

Chorei e dona Lazinha me consolou.

— Não chore, Leonor, para tudo se dá um jeito!

— Que será de mim sem ele? Que farei para sustentar meus filhos?

— Calma, já pedi para a diretora e ela concordou, logo que seu nenê nascer, você passará a trabalhar conosco e continuarão no quartinho.

Fiquei mais tranquila, mas muito triste. Severino era tão novo e a pessoa que escreveu nem dizia por que ou como ele havia morrido. Contei às crianças, eles não entenderam bem o que era morrer. Isabel comentou:

— Morrer é não ver mais a pessoa?

Doeu-me mais ainda. Por que nunca mais iria rever Severino. E o mal-estar voltou e a fraqueza também.

Comecei a ter dores de parto à noite, tive vergonha de chamar alguém e, quando o fiz, uma moça que ficava de plantão à noite me ajudou e fez o meu parto. Nasceu uma linda menina.

Dona Lazinha levou-a para o médico vê-la no outro dia, embora miúda, estava sadia e bem.

Parecia estar tudo normal, as crianças bem, brincavam e aprendiam muitas coisas, estavam sadios. Já havia dado nome para minha filhinha, Maria da Penha, porém não a registrei. Dona Lazinha achou que meu leite não a estava sustentando e nos levou ao médico. Quando ele me olhou, senti algo errado, fez muitas perguntas e pediu para que fizesse exames de sangue e que não amamentasse mais.

Fiz no outro dia, quando pronto, mandou repetir. Com o resultado do segundo, ele me chamou.

— Dona Leonor, a senhora está doente, vou encaminhá-la a um especialista nosso amigo, que não cobrará nada por seu tratamento.

No outro dia, fui ao consultório desse outro médico, que me examinou.

— O que tenho, doutor? É grave? Por favor, me fale... — Contei a ele o que acontecia comigo e roguei: — Quero saber porque tenho de tomar providências...

— A senhora tem uma doença grave e, se quiser, pode tomar providências...

— Vou morrer? — perguntei com voz baixa.

— Todos vamos... A senhora tem câncer no sangue — respondeu ele, tentando suavizar a notícia.

— Quanto tempo?

— É difícil prever... alguns meses...

Fui embora como que anestesiada. No nosso quartinho, olhei para meus filhos. "Mãe é importante, eu, que sou adulta, sinto falta de uma. Eles são pequenos." Orei e expulsei a revolta que insistia em tomar conta de mim. "Se eles não têm pai e se ficarão sem mãe, é melhor eu tentar arrumar outros para eles." Meus filhos terem outra mãe, estranho, mesmo sabendo que era o melhor, senti ciúmes, mas o amor venceu, tinha de amar sem egoísmo. Deus sabia o que fazia, pensei naquele momento, agora completo, eu também sentia que era o melhor, que tudo aquilo que passei estava nos planos que eu mesma fiz antes de reencarnar. Não me queixei e naquele dia nem chorei, senti uma força interior, embora uma fraqueza externa que doía. Pedi para conversar com a diretora, ela já sabia da minha doença, me recebeu com carinho.

— Senhora, não tenho como comprar os remédios e venho aqui para me aconselhar...

— Leonor, o médico que a atendeu fará seu tratamento sem cobrar, e seus remédios serão doados — explicou a diretora do orfanato.

— E meus filhos, preocupo-me com eles, o que a senhora me aconselha? Será que poderei doá-los? — perguntei com voz baixa, segurando o choro.

— Ia lhe sugerir isso — falou a diretora —, conheço um casal que não pôde ter filhos, são pessoas boas, de posses que querem adotar. Agora que sei que quer doá-los, e é o melhor que tem a fazer por eles, vou telefonar ao casal pedindo que venha aqui. Vou tentar arrumar lar para todos, mas, se não conseguir, eles ficarão aqui conosco.

— Obrigada — agradeci emocionada. — Sinto-me aliviada, aqui é tão bom. Eles gostam...

Chorei, a diretora me abraçou, tentou me consolar, voltei para o quarto tendo a certeza que agi certo. Não tinha parentes para ficar com eles, em minha família eram todos muito pobres. Escrevi a uma das minhas irmãs dando a notícia da morte de Severino, de minha doença e que doaria meus filhos.

Naquele mesmo dia, à tarde, dona Lazinha veio buscar o nenê para o casal ver e voltou logo.

— Eles também querem um menino.

Levou Severino, de três anos, o quarto filho, e não voltaram.

No outro dia, assinei os papéis de adoção e dona Lazinha me contou:

— Que sorte, Leonor, os dois ficarão juntos, o menino vai se chamar Eduardo e a menina Marília. O casal amou os dois assim que os viu. Vão morar numa casa grande e terão de tudo.

Lágrimas escorreram pelo meu rosto. "Não posso chorar, recebi uma graça, os dois estão encaminhados. Não posso reclamar, tenho de agradecer, e Deus me ajude que os outros também tenham um bom lar."

Isabel foi que percebeu o que ocorria.

— Por que, mamãe, a senhora os deu?

— Filha, estou doente, é grave, uma doença que não tem como sarar.

— Vai morrer como papai? Não irei vê-la mais?

— É isso, filha! E, sendo assim, estamos providenciando um lar, outros pais para vocês.

— Não serei adotada! — afirmou Isabel, séria.

— Por quê? — indaguei.

— Sou maior, as crianças daqui dizem que as pessoas preferem adotar crianças pequenas. Mas não se preocupe, mamãe, creio mesmo que não quero ter outra mãe, vou me lembrar sempre da senhora e amá-la. Fico aqui, gosto e tenho amiguinhas.

Isabel distraiu-se, foi brincar, e eu, ficando sozinha, chorei muito, mas orei e a oração me acalmou.

O médico me deu os remédios, tomei-os direito, mas piorei, fui internada, quando voltei ao orfanato, mais dois, os menores, foram adotados. Dias depois, vieram buscar o menino, o Claudionor, abracei-o e fiquei olhando-o ir de mãos dadas com dona Lazinha, que lhe dizia:

— Claudionor, você irá morar num sítio, lá tem vacas, cavalos, é muito bonito.

Que dor! Meu peito parecia que ia partir, nenhuma dor se compara à da separação do ser que amamos. Minhas dores físicas ficaram pequenas diante da separação. Mas orei com todo meu sentimento:

"Deus! Sei que nos ama e é por este amor que lhe peço, dê um bom lar, bons pais aos meus filhos! Multiplique minhas dores do corpo, não reclamo, mas me atenda! Que sejam pessoas honestas e boas a adotá-los."

Aquela noite, ficamos no quarto Isabel e eu, dormimos abraçadas e ela me consolou:

— Ainda tem a mim, mamãe!

Fui internada novamente e Isabel ficou no orfanato. Piorei e sentia próxima minha partida, não tinha medo, achava que a morte me traria alívio, depois sentia, mais que sabia, que minha alma liberta do corpo ia viver noutro lugar e que Deus, Pai Amoroso, ia permitir saber deles.

Sofri muito e desencarnei tranquila. Dona Mônica fez o que tinha prometido. No meu enterro, só o coveiro. Mas, para mim, não fez diferença, dormi para acordar numa outra enfermaria sem dores, sentindo-me bem.

Percebi logo que havia desencarnado, vieram à minha mente as conversas que tive com a diretora do orfanato. Bondosamente ela havia me explicado o que acontece quando o corpo físico morre. Dei graças a Deus por estar entre pessoas boas e por ter sido ajudada. Tentei não dar trabalho e seguir as instruções recebidas. Recuperei-me rápido numa enfermaria do hospital de uma Colônia no Plano Espiritual. Margarida, uma bondosa senhora que cuidava de nós, internas, me esclareceu:

— Leonor, você já está recuperada, logo vai ter alta e irá morar numa casinha junto com outras amigas.

— Ela não se recuperou depressa? — indagou uma companheira de quarto.

— É que Leonor não reclamou, não se apiedou de si mesma e, com isso, não deixou que a doença enraizasse em si. Assim sendo, seus reflexos no corpo perispiritual foram fracos, por isso recuperou-se rápido — explicou Margarida.

— É que pensei mais nos meus filhos — disse.

— Pensou mais nos outros que em si. É por sua dedicação que veio ter conosco logo que desencarnou.

Encantei-me tanto que cheguei a chorar de emoção ao ver a casa que seria meu lar. Tornei-me amiga das moradoras, logo estava estudando, aprendendo a viver no Plano Espiritual e sendo útil.

Após executar minha primeira tarefa, tive a felicidade de ver meus filhos por um aparelho que lembra a televisão dos encarnados. Todos estavam bem, somente os dois mais velhos se lembravam de mim e tinham saudades. Nada lhes faltava, nem afeto. Dona Lazinha tornou-se protetora de Isabel, que era meiga e todos no orfanato gostavam dela, e sempre orava por eles, pedindo a Deus que os protegesse.

Após vê-los, enxuguei as lágrimas, agradeci e pedi à atendente:

— *Por favor, será que posso saber de Severino, meu esposo? Ele desencarnou primeiro que eu e não sei dele.*

A moça, atenciosa, foi consultar e voltou minutos depois.

— *Leonor, houve um engano, Severino, seu esposo, não desencarnou, está encarnado e...*

"Engano, de quem foi o engano? Ou fui eu a ser enganada?" — pensei.

— *Vamos vê-lo. Aqui está...*

Severino estava bem, num lugar distante de onde nos deixou. Ele foi realmente procurar emprego, não encontrou o que pensava e não deu para mandar dinheiro. Um homem que foi com ele recebeu uma carta da esposa contando que eu e as crianças tínhamos ido para um orfanato. Ele pensou que o melhor seria que ficássemos lá e desaparecer de nossa vida. Foi embora para outra cidade e lá pediu para uma pessoa escrever para mim, falando de sua morte. Fez isso também porque estava de namoro com uma moça. Novamente viajou e ela foi com ele, e, naquele momento em que sabia dele, ela estava grávida. Severino arrumou emprego e estava bem, raramente pensava na família, que covardemente deixou, e, quando o fazia, imaginava-nos bem, vivendo da caridade de outros.

Não fiquei magoada com ele, perdoei e desejei que se tornasse bom pai para o filhinho que ia nascer.

Três anos se passaram, meus filhos estavam bem nos lares que os acolheram e eu era grata àquelas pessoas bondosas que os tratavam como filhos. Claudionor, que estava no sítio, era tratado com mais rigidez, trabalhava bastante e estudava, mas ele gostava do campo. Isabel continuou no orfanato. Muitas vezes quando eles, os novos pais de meus filhos, precisavam de auxílio, tive permissão para ir ajudá-los, minha gratidão era infinita e tudo que podia fiz, faço por estas pessoas que amaram filhos alheios como se fossem seus.

Comecei a recordar minhas existências. Lembrar que fomos bons é agradável, mas temos sempre algo que nos entristece. Recordei tudo com tranquilidade. Minha última existência foi uma escolha, ia deixar filhos pequenos e desencarnar por doença, isto porque queria provar a mim mesma que por nada blasfemaria, como já fizera muito em outras encarnações. E fiz mais, não me queixei. Como é prazeroso ter nos posto à prova e ter saído vencedor. Ao falar em casa sobre isso, uma amiga comentou:

— Leonor, pensava que sofresse somente para resgatar erros, pela reação.

— Não se esqueça do aprendizado. Todos nós temos como aprender pelo amor, mas, quando recusamos, a bondade de Deus é infinita e temos outras oportunidades... Eu necessitava de caminhar para o progresso e, por muitas vezes, parei no caminho para lamentar, era como um vício, agora o venci. Sinto-me muito bem.

Pedi para trabalhar no Umbral.

— Leonor, um trabalhador na zona trevosa precisa de dedicação, perseverança e sabedoria, necessita, para isso, aprender. Mas por que escolheu o Umbral para trabalhar? — indagou meu instrutor.

— É onde há mais necessitados, onde muitas vezes estão ou se sentem sozinhos, uns revoltados, outros iludidos achando-se bem, outros sofrendo. Queria ser útil e sei que lá falta quem auxilie.

— Você tem razão. Porque, Leonor, receber é fácil, doar é trabalhoso! — sorriu meu orientador, me dando permissão.

Estava determinada, fiz um curso e me transferi para o Posto de Socorro Esperança localizado no Umbral.

CAPÍTULO 2

O Abrigo Esperança

Fui para o Posto de Socorro Esperança e gostei muito.

De longe, parecia mais uma das muitas construções que existem no Umbral. Cercada por muros altos, tendo somente um portão com três aberturas, contém no mesmo espaço três portas de tamanhos diferentes. Uma abertura é para aeróbus grandes, outra menor para veículos de porte médio e uma porta. No espaço acima do posto tem uma força magnética que impede que estranhos entrem. Esperança está localizado na parte do Umbral considerada mediana. Para que melhor entendam, os orientadores, para facilitar o trabalho de socorristas e para os que vão conhecer esta zona do Plano Espiritual, umbral ameno é onde muitos vagam, é mais claro comparado com outros, fácil de sair, muitos ficam por lá e entre os encarnados. Há mais vegetação, água, trilhos e caminhos. No médio, tudo isso se torna mais escasso, os caminhos são mais difíceis e normalmente é onde estão as cidades umbralinas e suas fortalezas. O Umbral de acesso mais difícil está na terceira classificação, onde estão as muitas cavernas, furnas, muitos lugares onde reina a escuridão total. A maioria dos Postos de Socorro estão na zona mais amena, mas Esperança está na segunda. É um abrigo grande e seus trabalhadores são dedicados.

— *Leonor, você gostou do Esperança?* — indagou um morador que veio nos receber.

— *Sim, muito, quero morar aqui por muitos anos. Estava observando-o e me distraí. Achei-o lindo! — respondi.*

Não era lindo se comparado a outros ou a uma colônia. Mas quando amamos, e, assim que o vi, o amei, tornou-se muito bonito. O jardim central é pequeno, mas com flores enfeitando-o. O prédio tem poucas janelas, e estas são pequenas. Do lado do portão ficam os alojamentos dos trabalhadores, um local particular para que descansem ou passem suas poucas horas de folga. Tem um salão grande que é usado para música, teatro, palestras, uma vasta biblioteca e a sala de preces, onde internos vão orar, alguns trabalhadores vão também, mas logo aprendem que todos os lugares são de preces e que a oração deve ser feita com sentimento e esta pode ser realizada em qualquer lugar.

O resto do abrigo são as enfermarias, que são espaçosas e com muitos leitos. O Esperança é chamado de posto provisório, isso porque os abrigados não ficam muito tempo, são transferidos, os melhores, ou para a Colônia, ou para outros postos. E, quando está lotado, os necessitados são locomovidos para outros locais. Nossos socorridos são, na maioria, os que estavam na terceira parte do Umbral e em suas cidades e fortalezas.

Esperança é muito atacado, isso é rotina, somente se defende, há socorristas que só trabalham na defesa, e isso não chega a ser problema.

— Primeiramente, Leonor, você ficará ajudando em nossas enfermarias.

Fui contente. Conheci todos os trabalhadores e tornei-me amiga deles. No posto trabalha-se demais e a amizade é muito importante, nos sustenta no dia a dia.

Passei a servir nas enfermarias.

— Ora, Leonor, você fala assim porque não sofreu como eu... — defendeu-se uma senhora quando pedi que não se queixasse tanto.

Pensei, por momentos, e recordei que minha vida não fora fácil, embora não tivesse passado por perturbações ao desencarnar e nem ido para o Umbral. Falei a ela de minha vida.

— Puxa! — exclamou. *— Por tudo o que passou não era para você ter ido para o céu e ficar lá gozando e descansando?*

— Descansar, para mim, seria castigo. Amo trabalhar, ser útil. A felicidade não é algo externo, é interno, está dentro da gente e não importa onde estejamos. Há lugares feios e lindos no Plano Espiritual, como há também na Terra para os encarnados. Contei a você minha vida para que entenda que sofri também, não reclamei e sou feliz.

— Estranho! Foi boa, sofreu, desencarnou e está aqui trabalhando, servindo a outros — admirou-se ela.

— Não preferia estar sendo servida. Porque aquele que serve tem para dar, quem recebe é um necessitado — elucidei.

— Entendo você, não quero ofendê-la. Mas continuo achando estranho. Que recebe por isso? Nada?

— Você ainda não consegue entender que sou feliz trabalhando, sendo útil sem receber nada em troca. Mas recebo, sim, e muito, aprendo e este conhecimento é um tesouro. Cuido de vocês e outros cuidam de meus afetos. Isso, para mim, é importante!

— Vou rezar para você, vou recomeçar a rezar — disse ela. — Tive uma religião. Ainda não sei onde falhei para acabar naquele lugar. Agora estou aqui, não sei bem que lugar é este, nem se

é isso que quero. Mas uma coisa é certa, não quero fazer o que você faz.

— Por quê?

— *Acho muito ruim ficar cuidando de necessitados. Que trabalho humilde!*

— *Se todos pensassem assim, não teria quem cuidasse da senhora* — observei.

— *Pena que aqui não se pode usar o dinheiro para pagar, ter regalias.*

— *A senhora deve mudar essa forma de pensar, ser grata aos que trabalham e querer ser útil. Lugares bons não podem ser abrigos de ociosos.*

— *Nada é perfeito!* — resmungou ela.

Esta senhora ia ser transferida logo, mas cabia-lhe mudar para ser merecedora de estar numa colônia ou abrigo. Teve uma existência comum, era de classe média, nunca trabalhou para valer, sempre teve quem fizesse para ela o serviço do lar, usou o dinheiro para facilitar sua vida e nunca deu valor ao trabalho alheio. Nada fez de bom a alguém e, consequentemente, também nada para si mesma. Arrogante, fez alguns desafetos, desencarnou e ficou vagando no seu ex-lar, indignada com a indiferença dos seus familiares. Recebeu a visita de uma ex-empregada, também desencarnada, que, embora vagasse, tentou ajudá-la, dizendo que ela havia desencarnado. Ela, furiosa, a agrediu e exigiu obediência. A moça, então, a levou para o Umbral, onde a deixou. "*Aqui se cura orgulho!*". Sem saber voltar para seu ex-lar, vagou por anos, sofreu, foi humilhada, revoltou-se, odiou, e isso fez com que ficasse mais tempo. De fato, o Umbral, para quem vaga, é um lugar apropriado para vencer o orgulho. O ódio acabou, quis ajuda e passou a pedir e foi trazida para o posto por socorristas. Ainda tinha de aprender muito, desejei que aprendesse pela oportunidade e passasse de servida a servir.

Muitos ali estavam na situação daquela senhora, o orgulho e a arrogância crisparam de tal forma outras qualidades, que não foi possível, ao desencarnarem, serem socorridos. Não fizeram grandes erros, mas também não fizeram boas ações. E aquele que pode e não faz fica em débito, e isso gera sofrimentos.

Conversei no jardim com um senhor que esperava para ser transferido.

— *Leonor* — contou ele —, *fui um líder religioso, amei muito minha religião e me esqueci de amar o próximo. Fiz templos, mas não tinha dinheiro para saciar a fome de pobres. Não gostava de pobres, eles não ofereciam nada a minha religião. Meu Deus tinha de ser adorado com luxo, Ele merecia. Não quis escutar a minha consciência, que me dizia: Jesus ensinou a amar o próximo. Mas, defendia-me, eu amava a Deus. Desencarnei e exigi que fosse julgado por Deus e com pompas, afinal, fui um de seus adoradores. Fui levado por uns espíritos a um julgamento no inferno ou no Umbral, como dizem. "Esqueceu que este Deus que adorava não precisava de nada que lhe deu, Ele é dono de tudo, do Universo!". Aquelas palavras ditas por um demônio, um ser trevoso, me fizeram pensar. Sofri no inferno, até que fui acolhido por aqueles que adoram Deus sendo Seus servos, adoram com atos. Como estive errado e me arrependo!*

Ele ainda dizia termos como "demônios", referindo-se a um morador da zona trevosa, "inferno" ao Umbral, embora nomes não importem; nós não nos referimos a Umbral como inferno, porque este local é temporário, passa-se, ninguém fica lá definitivamente, embora haja os que permaneçam muito tempo.

Indo às enfermarias, onde muitos estavam em pesadelos, a maioria pedia socorro em nome de Deus. *"Por Deus, me ajude! Socorro, pelo amor de Deus! Pela mãe de Jesus, por Maria, me auxilie!". E veio na hora o convite:*

— Leonor, na terça-feira à noite virá ter conosco um convidado que nos dará uma palestra sobre religiões, falará do porquê de religiões ou falsos religiosos que desencarnam e não merecem um socorro.

Esperei o dia ansiosa e fui assistir à palestra. Nosso convidado veio de uma Colônia. Ele era agradável, risonho, falou para nós, todos os trabalhadores do Esperança:

— Religiões, meus amigos, é como diz a palavra, religar ou ligar, unir-nos ao Criador. São setas no caminho. Mas não basta ficarmos somente olhando, contemplando como se fosse só uma seta na estrada, temos que vê-la e seguir, caminhar com nossos próprios pés e deixá-la para trás. Seguir em frente, rumo ao progresso. Muitos nem veem as setas, iludidos pelo materialismo e prazeres. Outros as veem e ficam na contemplação, achando-as lindas e se esquecem de caminhar. Muitos adoram sua religião, mas não fazem boas obras por ela. Não conseguem tê-la em seu íntimo. Felizes são aqueles que, seguindo uma religião ou não, não param no caminho, seguem em frente.

Aproveitando uma pequena pausa do orador, pensei: *"Não segui uma religião, encarnada, não contemplei setas, mas caminhei...".*

Parecendo que lera meus pensamentos, o palestrante continuou:

— É bom ver as setas, mas mais importante é quando conseguimos ver o caminho pela luz do amor, da caridade. Prudentes são os que seguem uma religião, veem as setas, caminham, facilitando a caminhada com o conhecimento.

Aqui neste posto e em tantos outros, temos visto muitos sofrer e pedir ajuda em nome de Deus e de muitos santos. Ainda bem, pois estes foram socorridos. No Umbral ouvimos muitas blasfêmias, outros nem querem ouvir o nome de Deus, revoltam-se contra o Criador, esquecendo que seu sofrimento nada mais é que a reação de más ações.

Encontramos muitos sofredores que amam e odeiam ao mesmo tempo. De fato, não amam, dizem somente, sentem este sentimento, o amor, de forma vaga, externamente, porque aquele que ama mesmo supera, anula qualquer outro sentimento inferior. Quando tudo está bem, é ótimo; não estando, não serve mais e passa a odiar, revoltado por sofrer e sempre culpa alguém pelos acontecimentos ruins. E quando não faz isso, sente remorso, muitas vezes destrutivo e muitos indagam: "Por que Deus me deixou, permitiu fazer isto?".

Quando se erra, peca, desarmoniza-se com as leis Divinas e isto cria débito ou culpa que gera sofrimentos. Para manter o equilíbrio não pode haver culpa e erro, sem pena, dores, porque pode o indivíduo aumentar tanto seu débito, chegando até a desequilibrar o mundo que habitamos. Por isso temos o Umbral, lugar temporário em que muitos desarmonizados conhecem a dor, o sofrimento e tentam se harmonizar. E sabemos que a dor não existe só no Umbral. O erro também afeta nossa vida em qualquer lugar que estejamos porque a ação má resulta uma reação desagradável. Somos livres para errar, mas não o somos para sofrer as consequências.

E nós aqui, hoje, pela bondade do Pai, estamos não mais como necessitados, mas como instrumento de ajuda a outros irmãos que não despertaram para a verdadeira vida. Temos que ter discernimento ao socorrer, porque temos sempre vontade de auxiliar a todos os que sofrem. Mas sabemos que não temos como abrigá-los, faltam recursos humanos, socorristas, lugares para acomodá-los, e nem sempre é o melhor, no momento, socorro para um revoltado. Necessitado que quer ajuda está receptivo a recebê-la, se não quer, sua desarmonia é tão grande e forte que é difícil não bagunçar o local de socorro. Assim o Umbral, uma moradia do Pai, é o lugar que lhe convém, até que a dor e o cansaço consigam mudar sua forma de pensar. Nosso Posto Esperança é um raio de luz, de ajuda, mas lembro-os, deve ser para os que querem.

Deu o palestrante mais algumas recomendações e terminou com uma linda oração. Ficamos comovidos. Recolhi-me ao meu cantinho e meditei sobre o que ouvi. Grata, propus harmonizar-me mais ainda com as leis Divinas, começando por amar mais.

Trabalhei três anos dentro do posto e depois passei a sair, a fazer o trabalho externo.

Há necessitados de muitos modos, uns, completamente perturbados, arrastam-se em pesadelos; outros veem seus erros constantemente; em alguns a perturbação é menor, sabem por que estão ali, têm consciência da situação. E tem os chamados, ou melhor, denominados por si mesmos, moradores, que dizem gostar do lugar, fazem parte de um bando, têm amigos, atividades, são lúcidos e quase todos maus e vingativos. Organizam suas cidades, impõem respeito pelo medo. Estes quase sempre não se interessam pelos perturbados, a não ser por vingança. Às vezes os expulsam de suas cidades ou nem os deixam entrar, ou então colocam-nos perto do posto de socorro; são, segundo eles, os imprestáveis que devem dar trabalho aos bobocas dos samaritanos. São diversos os adjetivos que usam para chamar os socorristas, tentam ser ofensivos ao máximo, creio que ofendem a si mesmos, os socorristas não se importam, e isso os deixa com raiva.

Quis trabalhar socorrendo pedintes dentro das fortalezas deles e, para isso, comecei a treinar e estudar. Como é melhor ir a estes lugares sozinhos ou em grupo pequeno, passei a sair pelo Umbral sozinha, no começo perto e após longe do posto. Conversava com os que, no momento, não podiam ser socorridos, dando atenção, e muitos, mesmo sofrendo, pensavam ou preocupavam-se com seus afetos.

Concluí que é difícil para muitos amar sem posse, com desapego.

Ia nas minhas folgas ver meus filhos, dava graças por estarem bem. Em cada necessitado via um filho de alguém, e naquele momento podia ser uma mãe adotiva deles, como outros foram com os meus.

Algumas conversas não tinham sentido, em outras não conseguia me fazer entender. Com uns trocava ideias e consegui mudar alguns, fazê-los pensar que ali estavam por imprudência própria e que poderiam mudar se quisessem. Sabiam que eu pertencia ao Posto Esperança e passaram a me chamar de Esperança, e entendi que era isso que eu dava a eles: esperança. Neste tempo que trabalhei sozinha perto do posto, escrevi sobre o que acontecia, transcrevo uma dissertação.

"Aprendi a gostar do Umbral quando o vi como uma morada provisória de irmãos. Muitos estão ali em sofrimentos, tendo por companhia a dor que tenta despertá-los para uma mudança de vida. Sabemos que muitos têm vontade de mudar e que muitas vezes ficam somente no querer, não se encontram firmes para fazer esta mudança. Acabando o sofrimento, sendo ajudado, este querer enfraquece e passam a ver muitos obstáculos, dificuldades. Porque receber é bem mais fácil, doar, ajudar, passar a ser útil, é trabalhoso, o difícil caminho da porta estreita. E são muitos que desencarnam, sofrem, fazem propósito de modificar, reencarnam, desencarnam e voltam novamente ao Umbral. Param no caminho, não têm força de vontade o suficiente para seguir em frente, de mudar para melhor. Porque caminhar para a evolução dá trabalho, é com esforço que mudamos de passo, e cada um que damos requer sempre uma tarefa cumprida, um vício vencido.

E há aqueles que estão no Umbral e se dizem satisfeitos, mas obedecem a um chefe, porque sempre se tem chefes, e mesmo estes temem a outros e aos bons. Eles vagam pela zona umbralina e entre os encarnados. Muitos pensam em mudar, mas acham difícil, e outros não querem mesmo. São eles os mais necessitados. Não dê pérolas aos porcos, disse Jesus. É desperdício dar a eles o que não querem no momento. E como trabalhamos! E todo labor deve ser valorizado. Conversei poucas vezes com eles, os que se dizem moradores, recebi muitas ameaças a que não dei atenção. Quem pega a charrua nas mãos do trabalho para Jesus não deve olhar para trás, ou parar por ter medo. Meu trabalho era com os que sofrem, com os que queriam auxílio, e meu lema seria sempre: Ajudar!"

Foi uma página escrita e, lendo-a tempo depois, entendi que gostei de trabalhar no Umbral desde o primeiro momento.

Uma vez, ao estar sozinha num local onde deveria buscar um desencarnado e levá-lo para o posto, parei uns minutos para orientar a direção e fui abordada por um morador.

— Desculpe-me incomodá-la, posso lhe falar?

Observei-o e fiquei alerta, resolvi escutá-lo.

— Sim — respondi.

— Tenho-a observado. Trabalha muito, é quieta, ligeira e estou curioso, encabulado. Por que faz isso? Que ganha ajudando infelizes? Se eles estão assim, é porque merecem. Você tem uma forma de viver muito estranha. E é muito bonita! Poderia ter prazeres e ser feliz. Entretanto parece uma escrava que trabalha e trabalha...

Sorri e respondi tranquila, embora, anos vivendo por ali, aprendi a ficar sempre atenta.

— Você confunde ser feliz com prazer. Felicidade é ter paz, sentir Deus em tudo e todos, amar de forma simples e sem egoísmo. Ser feliz, para mim, é ter a consciência tranquila de um trabalho realizado. Sou livre porque faço o que quero, e o trabalho, para mim, é fonte de alegrias duradouras. Não quero outra forma de viver... Mas por que tem me observado?

— Vejo-a passar para lá, para cá, é tão graciosa. Por favor, não me leve a mal, sei com quem estou falando e não quero ser grosseiro. É que eu a admiro e tenho pensado por que vive assim.

— Já lhe respondi. Agora tenho que ir. Até logo!

Por muitas vezes ele me seguiu, uma vez até me ajudou a tirar um socorrido de um buraco. Comentei o caso com nosso orientador, o responsável pelo Esperança.

— Converse com ele, convide-o para visitar nosso posto, ofereça ajuda, caso ele queira mudar.

E assim o fiz.

— Não, não quero mudar nem visitar o posto. Gosto daqui e da maneira como vivo. Moro num lugar legal, passeio entre

os encarnados, faço pequenas obrigações, vou a festas, tenho tudo que quero, ou quase tudo.

Pensando que este quase tudo era uma insatisfação, incentivei:

— *Que lhe falta, então?*

— *Você! Por favor, não se ofenda, é que estou apaixonado por você.*

Tive ímpeto de voltar ao Esperança, mas preferi lhe dar uma resposta.

— *Você confunde sentimentos, meu amigo.*

— *Está dizendo que é impossível? Já sabia, mas quis insistir. Venha comigo! Não se arrependerá!*

— *Estou aprendendo a amar todos como irmãos, sem diferença, e vejo-o como tal. Somos filhos de Deus, nosso Criador. Peço-lhe que não se aproxime mais de mim.*

Voltei rápido ao posto, e nosso orientador preferiu que ficasse sem sair por uns dias, mas tinha trabalho a fazer. Então modifiquei minha aparência perispiritual, envelheci, fiquei como se tivesse sessenta e cinco anos e voltei ao trabalho. Vi-o por ali, não me reconheceu, chegou até a perguntar a outro socorrista por mim, foi-lhe dito que fui para a colônia. Ainda voltou mais vezes a espionar, depois desistiu e voltou a sua cidade.

Aprendi a modificar a aparência, muitos trevosos fazem isso para enganar; nós não, o fazemos por um bom motivo, para facilitar em determinados trabalhos. Passaram a me chamar de velha, mas para muitos era a Esperança.

Fiquei anos neste trabalho. Estava apta a entrar nas cidades, nas fortalezas umbralinas e foi com muita alegria que passei a fazer este trabalho.

CAPÍTULO 3

Cidades umbralinas

As cidades do Umbral não são iguais, diferem muito, embora tenham as mesmas características. Existem as pequenas, as médias e as grandes. E também tem as fortalezas, que são chamadas de diversos nomes, palácios, castelos, abrigos, mansões etc. Estas são construções grandes ou pequenas, mas em um só bloco, e vemos muitas por todo o Umbral. Nestas é mais difícil realizar socorro. Muitas são abertas, entra quem quer, mas complica-se para sair. Algumas no Umbral mais ameno, mais perto dos encarnados, são abertas para convidados ao corpo físico, onde há muitas festas, conversas, tudo muito enfeitado e até luxuoso, tem muitas orgias. Nestas não há muito quem socorrer, perturbados e arrependidos atrapalham e dificilmente há prisões, são lugares para divertir, e não para assustar convidados encarnados.

— Como os encarnados são convidados? — quis saber, curiosa.

— Leonor, estes desencarnados vagam por aqui, pelo Umbral, e também entre os encarnados, permutam energias e trocas de favores. Quando o encarnado adormece, é convidado para vir aqui. Muitos gostam e voltam sempre, não precisando mais ser convidados. Aqui tramam, recebem conselhos, se entrelaçam nos vícios e, após desencarnarem, são atraídos para cá.

— E não precisam ser maus, não é? — perguntei.

— São os imprudentes... Leonor, é recomendado orar, fazer preces antes de adormecer, ligar-se a boa energia por pensamentos elevados; se agirem assim, não é possível nem receber os convites deles, mas dos bons espíritos, que também estão sempre convidando encarnados para visitar postos de socorro, Colônias e para conversas edificantes. Somos livres para nos ligar a quem queremos.

— Mas isso acontece sempre? Quero dizer, os encarnados são sempre convidados? — indaguei.

— Não, isso acontece eventualmente, mas depende muito do encarnado. Um que trabalha sendo útil ao próximo tem mais facilidade para ter companhias que o ajudam na sua tarefa, mas também pode, ocasionalmente, ser tentado pelos maus. Escutamos a quem queremos, afinando-nos. Não vá pensar que isso ocorre todas as noites. Com a maioria é de vez em quando. Prudente é estar preparado para um bom encontro.

Lembrei-me de um acontecimento quando estava encarnada e comentei com ele:

— Uma vez fui destratada por uma senhora que era minha patroa. A ofensa doeu. Pensei nela com raiva, desejando-lhe mal, dormi assim, com pensamentos ruins. Sonhei que alguém me ensinava a matá-la sem deixar pistas. Acordei apavorada. Pedi demissão, pois não saía da minha mente a ideia de matá-la. Depois, esqueci. Agora sei que, ao vibrar com raiva, mágoa, esqueci-me de orar, e pela minha vibração baixa devo ter encontrado com alguém que poderia ter raiva dela, tentou aumentar minha mágoa e incentivou-me a cometer uma ação má.

— É isso mesmo, você entendeu. Estamos sujeitos a mudar de vibrações. Ao orar com pensamentos bons temos uma; sentindo raiva, ódio e mágoa, temos outra e, com isso, podemos nos afinar com espíritos bons ou maus — esclareceu meu orientador.

Os socorristas estudantes entram facilmente nesses locais, mas costuma-se pedir autorização para visitar, que sempre é dada, mas eles não perdem a oportunidade de dizer algumas ironias como: "Podem entrar, xeretar à vontade, tomamos conta direitinho dos estudantes. Se gostar e quiser ficar conosco, tudo bem, aqui tudo é mais animado. Podem entrar, damos permissão, somos democratas, livres para receber convidados, não temos nada a esconder, não é o que acontece com vocês. Lá deve ser tão ruim, que é até cercado, escondem não deixando que entremos etc."

Normalmente estas cidades, lugares têm nomes exóticos. Tudo lá é muito colorido, com muitos salões que são usados para palestras, danças, festas e quase sempre têm também nomes estranhos, eróticos e pornográficos. As ruas são estreitas, algumas tortas e a moradia do chefe é sempre luxuosa. Quero explicar sobre palestras, sim, há oradores que dissertam sobre diversos temas para desencarnados e encarnados. São temas variados, e os principais são sobre sexo, drogas, vícios e vingança. A orgia é tanta que enoja. Para os materialistas que gostam de prazeres, parece ser o lugar ideal. Mas se iludem, lá também tem leis, não se obtêm favores sem pagamento, trocas em que sempre o recebedor fica em desvantagem. Se não têm como pagar, são feitos escravos após desencarnarem, e estes têm que servir com obediência e os castigos são terríveis.

Quando ouvi falar de escravos, fiquei curiosa para saber o que eles fazem. Muitas vezes, desencarnados são feitos escravos porque, encarnados, foram arrogantes, orgulhosos, às vezes, maus patrões. Outros, porque quando encarnados usavam deles, sabendo ou sem saber, para obter favores; outras vezes porque alguns deles os quiseram por vingança. O trabalho deles como escravos é variado, muitos fazem algo sem objetivo, levam pedras de um lugar a outro. Trabalham limpando as cidades, carregando moradores. E há os que são obrigados a ficar em certos lugares atormentando alguns encarnados. Alguns são presos e castigados sem motivos.

Como já disse, eles não se interessam por desencarnados perturbados e os chamam de loucos, doidos, birutas etc. nem por arrependidos que clamam por socorro; estes, se estão nas suas cidades, são lançados fora após serem vampirizados em suas energias, são largados pelo Umbral, às vezes perto de suas cidades, outras nos portões dos postos de socorro. São para eles os imprestáveis. Mas isso não é regra, aliás, não existem regras no Plano Espiritual. Muitos são feitos escravos ou torturados por vingança, e ficam presos em cubículos por anos como que esquecidos; isso também acontece se o desencarnado for alvo de interesse de grupo rival ou dos bons. E alguns chefes gostam de ter suas prisões lotadas, não importa quem esteja nelas. E são estes os alvos dos socorristas, quando estes imprudentes necessitados se lembram de Deus, pedem perdão, querem ajuda. E muitas vezes é difícil este socorro. Por isso, é melhor você, leitor, estar consciente, ser prudente para não parar num lugar assim. Porque, às vezes, se pede ajuda e esta é demorada, pois, além de os socorristas terem muito o que fazer, serem poucos, têm que esperar uma ocasião que facilite a entrada e, consequentemente, a saída destes locais.

Com os anos, tornei-me especialista em entrar nessas cidades e em algumas fortalezas para eventuais socorros. Nas cidades maiores é mais fácil, dificultando nas menores pelo número de transeuntes. Há muitas cidades grandes no Umbral.

Mudo muito minha forma perispiritual e aprendi também a abaixar a vibração para entrar em alguns lugares. Eles sabem, mas não têm como impedir, não gostam, ironizam, ficam irados, e às vezes descontam nos que podem ser socorridos. Por isso, tudo é planejado e somente feito com segurança para o socorro ter êxito.

— Leonor, que você aprendeu nestes anos sendo socorrista? — indagou Antônio Carlos, ao me convidar para relatar estes fatos.

— A ser perseverante, paciente, cautelosa e a amar a todos como irmãos, não se apiedar sem nada fazer, não julgar e expandir este amor aos que se denominam trevosos — respondi.

Quando este meu amigo, espírito que organizou este livro, mentor da médium, me incentivou a escrever, fiquei em dúvida.

— Não sei escrever...

— Mas relata tão bem — insistiu ele.

— Têm objetivos estes relatos? — perguntei.

— Quero que encarnados, ao lerem, pensem na oportunidade que estão tendo de estar no corpo físico, de fazer boas obras, se ligar pela prece, bons pensamentos e atitudes a energias boas, para não correr risco de desencarnar e estar presos a estes irmãos, a lugares ruins. Como também que encarnados pensem em ser úteis para continuarem, ao passar ao Plano Espiritual, trabalhando para aumentar o número de socorristas.

— Se acha que posso ser útil, não recuso — afirmei sorrindo.

Não conseguindo negar a este contador de histórias, aqui estou tentando lembrar, narrar o que vi nestes anos, já são mais de quarenta anos que estou servindo no Umbral, amando cada vez mais esta forma de servir. Porque é bem certo esse ensinamento, é dando que se recebe. Nada quis para mim, mesmo assim, por acréscimo, tive muito, como ajudei, fui ajudada. Tenho netos, até bisnetos e tenho a certeza, pelo modo como eles vivem, que ao desencarnarem terão merecimento para ir a uma colônia. Já auxiliei a desligar os pais que amaram meus filhos e nenhum deles veio para o Umbral, mas se viessem faria de tudo para ajudá-los. Por isso é sábio fazer amigos, fazer o bem sem olhar a quem, porque pode ser este alguém que o ajudará se um dia você vier precisar.

Certa vez, uma amiga me disse:

— *Boas ações! Tudo isso é muito bonito! Mas e se você adotar uma criança, filho de encarnados, e estes forem ruins e não puder ajudá-los?* — perguntou uma amiga.

Expliquei a ela:

— *Minha cara, boa ação é de quem faz. Não importa a gratidão do beneficiado, outros bondosos retribuem. Eu tive, tenho oportunidade de ajudar a muitos, mas, se posso escolher, os pais adotivos têm preferência para mim, talvez porque me tocam mais fundo.*

Mas poderão indagar: os que fizeram boas obras podem parar no Umbral? É muito diverso este merecimento, nem todos são tão ruins que não tenham algo de bom e nem os bons são privados das recordações de erros. Por isto os aconselho, façam amigos, ajam para que tenham pessoas gratas, porque, se o beneficiado não pode fazer algo por você, outros o fazem.

Lembro: se pode fazer o bem e não fizer, cria débito que vem ser causa de sofrimentos, porque é fazendo que se faz por merecer. E vemos muitos no Umbral assim, mornos, como dizem seus moradores, muitas vezes foram até socorridos, mas não aceitaram o local ou a morte do corpo, saem de abrigos querendo voltar a seus afetos, a seus ex-lares e a maioria é aprisionada e vai para o Umbral. E, em vez de entender que tudo isso foi imprudência sua, culpam a outros e a Deus. Estes, não podemos socorrer sem que peçam com sinceridade, não são socorridos para ter fim de seus sofrimentos, mas sim quando querem mudar e, mesmo assim, dificilmente são atendidos rápido pelos fatores que já expliquei.

A primeira vez que entrei numa cidade do Umbral foi com um grupo e com autorização, um cicerone veio nos acompanhar.

— *Aqui tudo é assim mesmo, muito bonito* — mostrou ele, entusiasmado. — *Aqui está o salão principal de festas, o mais importante, sábado vai ter uma, estão convidados.*

E foi mostrando moradias, outros salões, para ele tudo bonito e perfeito.

— *Ali temos nossa biblioteca, o chefe quer que nos instruamos* — riu ele.

Os títulos são ateístas, alguns até de instruções gerais e a maioria pornográficos.

Quando estávamos para sair, aproximou-se uma mulher:

— *O chefe mandou que vocês levassem estes imprestáveis, quer a cidade limpa para uma festa. Aqui estão...*

Cinco moradores amparavam um grupo de dez; eles jogaram-nos em nós. Pegamo-los com carinho, nosso orientador agradeceu pelo grupo e voltamos ao Esperança com eles.

— *Todos podem ser socorridos?* — quis saber um colega.

— *Não, mas, como nos foram dados, vamos levá-los e, após os primeiros socorros, serão convidados a ficar, permanecerão conosco os que quiserem.*

Parece estranho, nesta situação, não querer ficar. Mas isso ocorre. Nos postos de socorro tem que ter ordem, e esta é rigorosamente obedecida, nada de fumar, beber, orgias, até o palavreado tem que ser correto; não pode sair, tem que seguir as orientações e muitos não gostam. Assim que se sentem melhores, pedem para sair e o fazem sem permissão; a maioria volta ou tenta voltar para seus afetos e começam tudo novamente, até que se conscientizem e aceitem, gratos, o que temos para lhes oferecer. Deste grupo somente três saíram, a dor cansa, o sofrimento desperta e, para muitos, estar abrigado é como ter achado o caminho do paraíso. Mas já tivemos caso de não ter ficado nenhum conosco e até alguns moradores camuflados de necessitados para entrarem no posto. Mas eles não nos enganam, a estes é mostrado o local e são convidados a ficar na casa.

Lembro uma vez que, assim que entramos no pátio, nosso orientador o separou e convidou:

— Amigo, se veio ter conosco, faça uma boa visita, terei o prazer de lhe mostrar todo o local.

Sorriu cínico e sem dizer nada acompanhou, olhou tudo e comentou:

— Aqui é um grande hospital! Não tem festas?

— Não, temos outros lazeres — respondeu o orientador.

— Se me permitir, vou embora. Agora entendo por que pegam os imprestáveis, é para encher suas enfermarias e terem o que fazer. Até logo!

Foi embora. Estes necessitados são chamados por eles de muitos outros adjetivos que não convém escrever aqui.

E estes moradores não são socorridos? Poderão se perguntar.

São sim. Alguns, ao defrontar com grupos encarnados que trabalham para o bem, podem ser doutrinados em sessões de desobsessões e levados para escolas especiais para se reeducarem. Eles são conscientes, dificilmente se perturbam, a não ser se forem forçados a isso por outros, por disputas, rivalidades comuns no Umbral, embora a perturbação por esse motivo é mais rara e quase sempre passageira. O vazio, sentir-se afastado de Deus, nosso Criador, digo sentir, porque Deus está em todos nós, mas é a criatura que não consegue senti-Lo. Este vazio vem devagar e a insatisfação vem vindo, o que era bom passa a não ser mais. Uns procuram distrair-se, ter motivos de prazer, outros em ter conhecimentos, mas o vazio continua, e essa insatisfação os torna infelizes, nem a alegria passageira consegue mais iludi-los. Estes estão prontos para se modificar. Quando isto acontece com encarnados, é quase sempre acompanhado por uma depressão, que causa tanto suicídio, embora ficando com o físico doente que remédios aliviam, somente estarão curados quando acham um significado para sua vida. Mas nem todos depressivos o são por isso; depressão é uma doença física que requer tratamento. E os desencarnados que não podem acabar com sua existência começam a desejar ter paz, sossego, a invejar os bons, a serenidade deles. Estes, se oferecida ajuda, aceitam e até muitos vêm pedir auxílio. Normalmente não ficam nos postos, são levados às Colônias para escolas separadas, recebem a orientação de que necessitam; depois muitos reencarnam e outros tornam-se excelentes trabalhadores.

Quando fui, pela primeira vez, a uma cidade mais fechada, foi para visitar. Pedimos autorização, e esta demorou a ser dada.

— *Só não podem ir às prisões.*

Foram taxativos. Havia muitos escravos, eram os imprudentes ou os que de algozes passaram a ser vítimas. A maioria é castigada por desobediência.

Não quero descrever horrores, são moradas de irmãos que, repito, uns gostam, outros estão lá obrigados. Sofrem, mas nada a mais do que necessitam para despertar e para melhorar intimamente.

— *Como é possível alguém que já esteve aqui ser socorrido, ter oportunidade de reencarnar e voltar após desencarnar? — indagou indignada uma companheira.*

E foi esclarecida por nosso orientador:

— *A reencarnação é uma grande oportunidade de esquecer, recomeçar e de realizar o que planejamos e muitos a desperdiçam. Com a bênção do esquecimento, podem crer em muitas coisas e se iludem; outros, diante do sofrimento, revoltam-se, negligenciam negando-se a fazer o bem. Se esta vontade não é firme, recomeçam tudo de novo, são os que param para olhar as setas das religiões, não caminham e ficam em círculo, encarnam e desencarnam. Em muitos a dor os faz querer mudar, mas infelizmente ficou somente na vontade. Esta mudança tem que ser verdadeira, uma virada, e muitos mostram encarnados que realmente mudaram, provam a si mesmos que se transformaram para melhor. Por isso nosso planeta é também de provas.*

Quando entramos nessas cidades em grupo e com permissão, saímos com necessitados que nos foram dados.

Já estava apta a entrar sozinha numa cidade dessas. Nosso orientador me pediu:

— Leonor, vá lá e traga esse desencarnado, está servindo de escravo, se encontra um pouco perturbado, mas quer o socorro, arrepende-se do que fez. Uma pessoa que o ama e trabalha na Colônia pede por ele. Estava somente esperando ele mostrar sinal para poder auxiliá-lo.

Aproximei-me da cidade, vi sair um grupo, com eles estava uma mulher, quis ficar com sua aparência e fiquei, li seus pensamentos e, por minutos, sabia como ela agia. Entrei na cidade normalmente.

Narro isso porque eles sabem deste fato, até têm um aparelho medidor de vibrações; mas, quando agimos assim, pensamos por um momento como o desencarnado que aparentamos, conseguimos abaixar as vibrações. E, se formos descobertos, sumimos e voltamos ao posto. Também podemos marcar uma audiência com o chefe e pedir o interessado. Às vezes se consegue, outras não. O orientador do posto sabe, pelos anos de trabalho, qual é o melhor socorro a fazer.

— Não seria melhor entrar lá à força? — perguntou um aprendiz que queria ser socorrista.

— Não estamos aqui para desrespeitar o livre-arbítrio de ninguém. Lembro a vocês que, se Deus permitiu, quem somos nós para querer modificar. E muitos lá não querem o que temos para oferecer. Outros querem só o alívio, socorrendo antes do tempo, estamos impedindo a dor de tentar ensinar. E o que aconteceria com estes moradores, espíritos trevosos? Certamente iríamos irá-los mais, aumentando o ódio. Trazê-los para cá sem que queiram iria perturbar o ambiente. Não, minha amiga, tudo tem razão de ser.

Entrei na cidade com calma e fui até o desencarnado que viera buscar. Achei-o fácil, estava amarrado com outros três. Um guarda os vigiava e reconheceu a mulher que plasmei.

— Ei, você não ia vampirizar uns encarnados?

— Ia, mas voltei.

— Cansada da festa de ontem? — ele perguntou.

— Não, estou pronta para a próxima — respondi.

Rimos.

— *Que faz por aqui?*

— *Vim vê-lo* — debochei.

— *Pensei que não se interessava por mim* — o guarda me olhou cínico.

— *Estou sempre mudando de ideia e gosto.*

Olhei fixamente e o fiz adormecer por momentos. Com a mão, fiz a eles sinal de silêncio.

— *Vim buscar você, Francisco, a pedido de sua mãe. Fique calmo e faça o que eu mandar, converse o mínimo possível. Vocês três também fiquem quietos. Querem ir conosco? Vou levá-los para o socorro.*

Não se interessaram, então os adormeci, fiz pela força da minha mente que passassem por uma dormência. Desamarrei Francisco e o segurei pela cintura, e tranquilamente saímos da cidade.

— *Quem é você?* — quis ele saber.

— *Sou uma moradora do Esperança!* — respondi.

— *Assim? Com essa aparência?* — duvidou Francisco.

— Não se deixe enganar pela aparência — sorri.

— *Minha mãe... É verdade que veio a pedido de minha mãe? Não fui bom filho.*

— *Mas ela sempre foi boa mãe. Preocupa-se muito com você. Ao senti-lo com arrependimento, nos pediu para tirá-lo deste lugar.*

— *Acho que terei vergonha em revê-la. Sonho em abraçá-la, mas será melhor eu ajoelhar aos seus pés e implorar perdão* — suspirou emocionado.

— *Ela já o perdoou, tanto que intercedeu por você* — falei.

— *Mas eu não pedi perdão, quero fazê-lo.*

— *Está certo, pedir perdão é reconhecer que erramos.*

— *E como errei!* — lamentou ele.

Francisco necessitava falar, e eu estava disposta a ouvi-lo. Então, contou sua história.

— Nasci numa família de classe média, tive cinco irmãos; minha mãe, uma senhora bondosa, tudo fez para nos educar. Meu pai ficou doente e desencarnou, deixando-nos entristecidos. Três anos depois, um senhor rico quis casar com ela, meus irmãos não gostaram muito. Eu, por ele ser rico, incentivei-a. Ela se casou; como também meus irmãos se casaram, eu fiquei em casa, era farrista, ocioso e gastava muito. Comecei a pegar dinheiro do padrasto e, por isso, eles começaram a brigar. Ele começou, com razão, a implicar comigo. Em uma dessas discussões, peguei um canivete e fui para cima dele, lutamos e ele se feriu mortalmente. Inventei uma história e obriguei minha mãe a concordar. Que eles brigaram e ele queria matá-la e aconteceu o acidente. Mamãe amava o marido, mas, para evitar que eu fosse preso, confirmou. Ele tinha feito um seguro favorecendo-a, e fez um testamento deixando tudo que tinha para ela. Isso fez com que o delegado suspeitasse, e minha mãe foi presa. E eu não fiz nada para ajudá-la. Meus irmãos pagaram um advogado para que a tirasse da prisão, ela estava doente e veio desencarnar logo depois. Peguei minha parte da herança e fui embora dali. Aproveitei a vida, como dizia, farreei até o dinheiro acabar, depois passei à marginalidade, e fui de erro em erro até que desencarnei, vaguei e eles, estes espíritos umbralinos, me pegaram e virei escravo. Sofri muito. Arrependi-me de todos meus erros, mas o que fiz a minha mãe me dói como se tivesse cravado no meu peito aquele canivete. Não me conformo por tê-la envolvido e ter deixado que pensassem que foi uma assassina e interesseira. Ela sofreu e nada disse para não me prejudicar. Agora, intercede por mim.

— O amor maternal é grande e, quando uma mulher aprende a amar, este sentimento torna-se puro — expliquei.

Ao entrar no posto, voltei a minha aparência. Francisco olhou-me admirado. Resolvido a melhorar, tudo fez para isso, dias depois foi para a Colônia onde iria ver sua mãezinha. Quis saber o que ocorreu depois da fuga.

Ao acordar, o guarda percebeu a falta de um, mas ficou quieto, sem alardear o desaparecimento de Francisco. Porque, às vezes, o guarda é castigado por negligência.

Nas fortalezas, castelos e pequenas construções é mais difícil de entrar, se não tem passagem livre. Porque seus membros são restritos e conhecidos, e qualquer falha ou desatenção do socorrista é descoberta. Vamos lá raramente, e os socorros são poucos. Quando seus moradores querem socorro, preferem pedir a Centros Espíritas a nós, por acharem mais fácil lidar com encarnados.

Tem muitas prisões que não diferem muito das dos encarnados, são de muitas formas, superlotadas, solitárias, mas todas tristes. Uns ficam presos por pouco tempo por castigos, por desobedecerem, outros por vingança. Estas prisões estão localizadas nas cidades, algumas são fortalezas e de difícil acesso; também se deixa preso em buracos, cavernas e outros locais.

Soubemos que na cidade umbralina perto de nosso posto havia um detento, Juarez, que ajudava outros companheiros e que chegava até a receber castigo por outros.

— *Vá lá, Leonor, converse com ele e ofereça socorro* — pediu nosso orientador.

Não foi fácil entrar lá. Infelizmente, somente posso narrar os métodos que eles conhecem. Fiquei dias planejando e tudo deu certo, conversei com Juarez.

— *Diga, amigo, não quer sair daqui e conhecer outra forma de viver?*

— *Não sou digno, não se preocupe comigo* — pediu ele.

— *Você está consciente e tem ajudado companheiros.*

— *De fato, desencarnei, vim para cá, penso ser justo, não perdi a consciência como tantos outros. Não mereço melhorar, quero ficar aqui e ajudar estes infelizes como posso* — decidiu dizendo em tom baixo.

Conversei com ele mais alguns minutos e não o convenci.

— Encarnado, cometi um crime, por infelicidade discuti com meu cunhado ao descobrir que era roubado por ele, lutamos e eu o matei. Porém, deixei que um jovem ladrão levasse a culpa e fosse preso por anos por um crime que eu pratiquei. O que ficou preso no meu lugar desencarnou anos depois na prisão e não me perdoou; quando meu corpo físico morreu, ele me trouxe para cá. Faz tempo que eu não o vejo, deve ter sido socorrido. Aqui estou preso por não ter ficado quando encarnado.

Tive de sair e o deixei, soubemos que continuou confortando companheiros e, após três anos, voltei a oferecer socorro.

— Acha mesmo que, se eu aprender, poderei ser mais útil? — indagou ele.

— Será sim. Poderá ser um bom socorrista, para isso tem que ser ajudado, aprender, aí poderá voltar e, como eu, ajudar quem quer ser auxiliado.

Ele veio comigo, ficou no Esperança até a caravana seguinte, que o levou à Colônia. Dois anos depois, foi trabalhar como socorrista em outra parte do Umbral. Tornou-se um atencioso e bom samaritano. Visitou-me para agradecer.

— Leonor, eles a chamam de Esperança, traduz bem o que você passa, esperança de vida melhor. Obrigado!

Fui, certa vez, a uma cidade umbralina para socorrer uma desencarnada que era mantida como escrava, e sua companheira, que estava amarrada junto dela, me pediu:

— Você veio buscá-la, não dá para me levar também? Qualquer lugar é melhor que aqui.

Observei-a e resolvi libertá-la. Saímos da cidade. Eu amparava a que vim socorrer e a outra que me pediu colocou a mão no meu braço e foi falando:

— Pensei que não ia conseguir. Fiquei até com medo. Se me pegarem fugindo, vou ser castigada. Não quero ficar aqui, não sou como eles. Você não quer saber como vim parar neste lugar?

— Sim, pode falar — concordei.

— Tive uma vida encarnada normal, ou penso, já não tenho tanta certeza. Não fiz grandes pecados nem grandes bondades. Deixei muito por fazer, adiei e agora entendo que deixei de fazer a mim mesma, porque, se tivesse aprendido fazendo, não teria vindo parar neste local. Tive oportunidade de aprender, fazer o bem, mas sempre achava uma desculpa e o tempo passou e meu corpo morreu. Revoltei-me com este fato, vaguei uns dias, um espírito conversou comigo, me disse da necessidade de se arrepender, de recomeçar, fui para um abrigo, não quis ficar lá, era um posto de socorro, assim me explicaram. Quis voltar ao meu lar e fui para lá. Mas eles não me viam, não me ouviam, fiquei raivosa e concluí: "Eles me disseram a verdade, o pessoal daquele hospital, estou morta, desencarnada". Fiquei com raiva dos meus familiares e comecei a desejar-lhes mal, queria mesmo que sofressem por mim, comigo. Um dia, fui aprisionada por um bando de trevosos e trazida para cá. Arrogante, disse-lhes alguns desaforos, me bateram e não deu outra, tornei-me escrava. Isso faz algum tempo, não sei predizer quanto, se faz meses ou anos. Mas, ultimamente, tenho pensado que fui má e egoísta no meu ex-lar, quis prejudicar a família por eles não terem me visto. Quando encarnada, eu também não queria saber dos mortos. A morte do corpo vem para todos, não teria como não chegar minha vez. Depois fui orgulhosa, querendo ser mais que os outros e acabei escrava. Tenho visto alguns como eu serem presos e depois serem soltos como imprestáveis, sem passar o vexame de ser humilhada como escrava.

Esta senhora não estava perturbada, estava consciente de tudo, isso a fazia sofrer mais. Quando esses espíritos maus pegam imprudentes, levam-nos para o Umbral e os vampirizam, isto é, sugam suas energias os deixando um farrapo, esgotados, perturbados;às vezes se prostram tanto que não servem para escravo. São estes os que não servem para nada, que são deixados pelo Umbral. Esta senhora era obrigada a servir, fazer serviços humilhantes e não foi vampirizada. Outros como ela perturbam-se ou podem manter-se conscientes.

Quase sempre anos de humilhações, remorsos os fazem se perturbar, outros permanecem sabendo o que lhes acontece. Estou narrando alguns fatos de espíritos conscientes, porque os perturbados falam pouco e não se entende o que dizem. Eu, ao buscá-los, não tinha tempo para saber o que fizeram e eram. É meu trabalho buscá-los e deixá-los no Esperança. E estes são muitos e ambos, escravos e perturbados, sofrem demasiadamente.

— *Escrava não sou, ou sou, não sei...* — balbuciou a outra que eu amparava.

— *Esta coitada sofre muito* — contou a outra. — *Creio que ela se suicidou, queria ficar perto de seu amado, e penso que ele não a quis. Estava no Vale dos Suicidas, escutei-os falar. Um dos chefes a quer, porque, como disseram, irão colocá-la perto de um encarnado para ver se ele se suicidaria.*

Percebendo que estava falando demais, ela quietou e eu observei a outra socorrida. Lembrei-me de que o orientador do Esperança elucidou-me:

"Leonor, você vai tentar resgatar este espírito que se suicidou há alguns anos, por uma desilusão amorosa não quis mais viver. Seu afeto não teve culpa, até que ele foi honesto com ela, mas nunca deixou de orar, rogar por ela e é pelo seu pedido que iremos socorrê-la. Este rapaz, agora homem, conheceu o Espiritismo, tornou-se um trabalhador encarnado participando de um grupo laborioso que tem feito um trabalho útil junto a sofredores. Começaram a incomodar e este grupo de trevosos, querendo prejudicá-lo, foi ao Vale dos Suicidas, onde ela estava, pegou-a e pretendem colocá-la perto dele, que deverá aceitá-la. Esta desencarnada ainda o ama, não se arrependeu, faria de novo, ela quer que seu afeto sinta remorso pelo seu ato. Mas já sofreu muito, aceitará o socorro e, assim que estiver melhor, reencarnará.

Ela me olhou, estava muito perturbada, me indagou:

— *Você vai mesmo me levar para perto do homem que amo?*

— *Você, minha amiga, vai para um local para sarar* — respondi.

Mas ela não escutou, começou a balbuciar palavras sem sentido. A outra comentou:

— Ela está doida assim por amor?

— O amor dá equilíbrio, o que ela sentiu foi uma paixão, foi imprudente, mas irá melhorar. Vamos depressa, estamos quase chegando.

Uma condução nos esperava, seu condutor, um trabalhador do posto, nos cumprimentou, ajudou a acomodar as duas e partimos. Logo chegamos ao abrigo. As duas foram para a enfermaria e dias depois transferidas para a Colônia.

Os moradores dessa cidade vieram ao posto pedir a moça que se suicidou, como não a devolvemos recebemos ataques e tudo ficou tranquilo dias depois.

Se, às vezes, sabia o que ocorria após o socorro, era por curiosidade. Meu trabalho acabava quando os deixava no posto.

Esta moça que se suicidou foi levada para a Colônia no hospital separado para suicidas. Anos depois, reencarnou deficiente, danificou seu corpo perfeito e não conseguiu recuperar-se, o remorso que sentiu alimentou a deficiência, que transmitiu ao corpo físico. A outra senhora aceitou o socorro; grata, quis ser útil e tornou-se uma trabalhadora no Plano Espiritual.

É sempre grata ao nosso coração a recuperação do socorrido.

CAPÍTULO 4

Os transformados

Transformados, quando socorridos, normalmente demoram nas enfermarias para voltar à sua forma antiga. É muito usada a ajuda de encarnados em sessões de orientação, desobsessões nos centros espíritas. Uns voltam logo às suas aparências, outros demoram se aderiram a essa transformação por achar justo o castigo, pelo remorso destrutivo e por terem ficado muito tempo transformados. Alguns nem falam, urram como animais, e seus pensamentos, na grande maioria, são confusos.

Conheci Frank logo que vim ao Esperança.

— *Ele é um socorrista competente e experiente* — informou o orientador, nos apresentando.

— *Frank, de Frankenstein* — sorriu ele.

Observei o apresentado, muito alto, forte, rosto quadrado, olhar esperto e sorriso franco. Afastamo-nos do grupo e ele me explicou:

— Chamo-me Afonso, mas todos me chamam de Frank, talvez por parecer com o monstro de um livro, a estória do Dr. Frankenstein. Mas fui transformado. Na última encarnação e nas anteriores, tive o vício de roubar. Nesta última, fui alto assim, forte, impus pelo medo e roubei muito. Para defender-me em um assalto, acabei me excedendo e assassinei duas pessoas. Desencarnei e vim ter por afinidade o Umbral por moradia. "Esse aí parece com o monstro do dr. Frankenstein, fique com ele!", escutei quando fui levado para um julgamento numa cidade umbralina. Tornei-me escravo e sofri muito, e este sofrimento fez que eu me arrependesse sinceramente. Não quis mais fazer maldades e fui castigado, pedi perdão a Deus e fui socorrido. Depois que aprendi a servir, voltei para o Esperança como auxiliar e acabei como socorrista. Agora tenho a aparência da minha última encarnação, às vezes, dou uma modificada para ficar mais feio e assim trabalhar melhor.

— Frank ou Afonso, como devo lhe chamar? — perguntei.

— Frank, como todos o fazem.

— Como são feitos esses julgamentos no Umbral? — quis saber.

— Não é em todas as cidades que fazem estes julgamentos, somente em algumas. Os imprudentes que desencarnam vão para o Umbral por afinidades, e lhe digo que não precisam ter muitas ações erradas, mas também por falta de boas ações, ou os que são muito orgulhosos e egoístas, dois vícios cotados pelos umbralinos como maravilhosos. Podem, ao serem trazidos, ficar como moradores, julgados e serem feitos escravos, outros levados a buracos, salas de torturas, podendo ser transformados se o juiz assim quiser e souber fazer isso.

— Mas por que isso? — perguntei apiedada.

— Leonor, se você quer ser socorrista, deve pensar que vai ver muitas coisas por aqui. Somos livres para fazer o que queremos, e não o somos com as consequências. Há na Terra muitas religiões que ensinam evitar o mal e incentivam a fazer o bem. O ensinamento de Jesus é muito comentado: "Ama!". Mas poucos o *seguem e o resultado é isto que vemos. O Umbral é lotado de sofredores. É isso que existe porque a criatura humana o habita. Se não existisse quem habitar, ele desapareceria. Costumo dizer que o Umbral é um local próprio para as reações às más ações.*

Tornamo-nos grandes amigos, a especialidade dele é ir às furnas mais profundas e resgatar os arrependidos, aqueles que queiram modificar-se.

Conversei também com uma mulher que, no momento, trabalhava no posto em pequenas tarefas, que me contou:

— *Fui uma pecadora, cometi muitos erros quando encarnada; ao desencarnar, fui trazida ao Umbral, julgada e transformada. Fiquei com aparência de uma cachorra. Como me arrependi, clamei por ajuda, fui socorrida e tive que ser levada a um Centro Espírita para ser ajudada. Nesse local de orações fui convidada a me aproximar de um médium. Fiz, senti o calor de um corpo físico, um bem-estar que fazia muito que não o sentia. Um orientador encarnado que o ouvia perfeitamente foi me incentivando: "Volte, irmã, adquira sua aparência!". Com a energia recebida fui, aos poucos, me modificando. Voltei à aparência que tinha antes de desencarnar, foi ordenado: "Não pense mais como estava! Você é um ser humano, uma filha de Deus, que muito a ama, sinta este amor e ame também!". Fiquei tão grata que chorei, fui afastada do médium e permaneci no Plano Espiritual do Centro Espírita, num pequeno hospital em tratamento, depois fui transferida para outro; quando estava melhor fui estudar, mas não gostei, aprendi pouco, vim para cá, vou aprender trabalhando e quero cuidar da enfermaria dos modificados.*

Alguns transformados, ao chegarem para um socorro, são quase sempre abrigados em enfermarias separadas porque necessitam de cuidados especiais.

Querendo saber, assim que cheguei ao Esperança, indaguei ao nosso orientador, que temporariamente era o encarregado desse posto de socorro:

— *Como se consegue transformá-los assim?*

— Leonor, o perispírito é modificável, aquele que sabe o faz e até pode modificar o do próximo, se este o permitir. Este conhecimento não é privilégio dos bons, conhecimento nenhum o é. Os bons o usam para serem úteis, por algum motivo, nunca para enganar, ou prejudicar. Os mal-intencionados, para ludibriar, fazem em si mesmos, e em outros por maldade, dizendo ser justos. Modificam outros porque ordenam com precisão, com autoridade, levando-os a achar ser o certo. "Você é isso por isso!". Estes julgamentos têm dia e hora marcada e, às vezes, recém-desencarnados são levados por desafetos que agem como acusadores. Ao desencarnarmos iremos para onde nos afinamos, onde merecemos.

Primeiramente, o julgador o arrasa, acusa seus erros, fazendo o indivíduo pensar que realmente não vale nada. Aí ordena com autoridade, e o outro, com medo, aceita e é transformado. Mas há os que, não aceitando, não se transformam e são castigados de outra forma. Embora os julgadores costumem ver antes os que estão para ser transformados, conhecedores da alma humana, sabem quem pode ou não receber este castigo; para não darem vexame, não serem diminuídos não conseguindo, separam, fazendo ir para julgamento os que têm certeza que podem transformar.

Conversei com uma senhora que foi transformada, socorrida e, anos depois, veio visitar nosso posto. Ela me contou:

— Vivi encarnada pensando que nunca ia desencarnar, a morte do corpo era para os outros, evitava pensar na morte. E ela veio, revoltei-me inconformada, ficando ao lado do meu corpo. Dias após, fui trazida para cá por uns moradores que passeavam pelo cemitério. Presa num cubículo, esperei pelo julgamento. Tremia de medo ao ver uns antes de mim serem julgados. Não conseguia falar. Aquele que julgava expressava forte, com firmeza. Ao chegar minha vez, me acusou: "Orgulhosa! Arrogante! Usurpadora do dinheiro alheio! Desencaminhou jovens oferecendo vantagens para vender seus corpos, não se apiedou daquelas que não queriam mais fazer isso. Nem sua filha escapou *de sua ganância. É um monstro de feiura! Você causará horror! Seja feia!". Levantou a mão e eu me tornei horrorosa como ele queria, porque era verdade tudo de que me acusava. Foi horrível me sentir daquele modo, fiquei anos somente me lembrando de meus erros, passava-os na minha mente sem descanso. Perturbei-me, chorava de remorso, tornei-me uma imprestável, fui largada no Umbral e tempo depois fui socorrida. O carinho dos bons espíritos fez que voltasse a ter a aparência que tinha encarnada. Tento me melhorar, vou reencarnar logo que for possível, vou ter por minha escolha uma vida de sacrifício e tentarei provar a mim mesma que viverei dignamente sem vender meu corpo. Para isto tenho estudado e trabalhado. Terei, encarnada, uma grande prova, espero vencer.*

Vi, certa vez, numa caverna, um indivíduo preso que estava transformado, ele repetia: "Não sou digno de parecer com nenhum animal, pois um ser inferior como nosso bicho não é capaz de fazer isto!". Balbuciava, não nesta ordem, mas queria dizer isto. Sua aparência era horrível, seu corpo perispiritual era uma chaga só, e vermes andavam pelo corpo, exalava podridão. Eu estava acompanhada de Frank, que me explicou:

— Este irmão estuprou muitas crianças. Ao desencarnar, foi vigiado para que não saísse do corpo enquanto este apodrecia. No auge da decomposição, foi desligado e trazido para um julgamento. E foi ordenado que ficasse como seu corpo estava naquele momento para sempre. Bem, este para sempre será até que se arrependa. Está com ódio e blasfema e enquanto agir assim não podemos socorrê-lo. Repete o que escutou daquele que o transformou. Para que entenda melhor, ocorreu com ele o seguinte: desencarnou e não se arrependeu; vigiaram os moradores, que se dizem julgadores, para que seu espírito não saísse do corpo, ficou enlouquecido sentindo a decomposição e os vermes comer seu corpo físico. Desligaram-no, e seu perispírito tinha a aparência de antes de desencarnar, somente o corpo apodrece. No julgamento foi transformado na aparência de seu corpo na

fase de apodrecimento, porque seu corpo seguiu o processo natural e virou pó.

Apiedei-me e orei por ele. Sempre indagava a Frank sobre ele. Após muitos anos foi socorrido, orientado num Centro Espírita, fez um tratamento e foi levado para reencarnar, necessita esquecer e recomeçar.

Muitos transformados tomam formas de animais. Daí talvez a crença que muitos seres humanos voltam como animais, o que não é verdade. Humanos só reencarnam com o corpo hominal. Mas quando se vive com o perispírito, e este, sendo modificável, muda-se a aparência. Não se transformam em animais, tornam-se parecidos. E sofrem por isso. Querem retornar à sua aparência e não conseguem sozinhos, porque não sabem. Outros moradores podem ajudá-los, quem sabe fazer sabe desfazer.

Também podemos chamar de transformados os que mudam porque querer ou para ter outra aparência.

Leônidas é um socorrista ativo, esperto, guia de grupos de estudantes ou de alguém que quer localizar desencarnados naquela região; conversando com ele, me contou:

— Leonor, vim ter, ao desencarnar, por afinidades, ao Umbral, e me tornei um morador. Não estava perturbado. Consciente de que meu corpo tinha morrido, queria continuar com as maldades e com os prazeres, e fiquei com os afins. Aprendi rapidamente a usar o poder da mente, a vampirizar encarnados e a influenciá-los, mas isso somente se consegue se eles nos dão atenção. Mas esta vida cansa, vai aos poucos dando uma insatisfação que, aumentando, chega a doer. Comecei a não achar graça em nada, tornei-me um chato, lutei contra a tristeza, comentei com amigos que sentiam a mesma coisa, e um deles me elucidou:

"Penso, meu amigo, que isto acontece porque estamos longe do Criador. Deus deve estar aqui, perto de nós, a gente que não quer senti-Lo, e é isso que nos dói. Invejo os socorristas, os que trabalham ajudando. Você já os observou? Eles têm a alegria dos felizes, olhar tranquilo. Se morremos e não acabamos,

consequentemente Deus existe e estamos vivendo contra suas leis. Tenho pensado e cheguei à conclusão que um dia teremos de receber as reações de todas nossas ações.

— Será? — indagou um outro companheiro.

— Sem dúvida e tenho estado preocupado.

— Que o chefe não nos ouça, podemos ser castigados — lembrei-o.

— Nosso chefe é inteligente, deve saber disto — concluiu meu amigo.

— Por que ele não muda? — perguntei.

— O poder prende, é chefe, manda, é difícil largar tudo. Não posso falar por ele, o que nosso chefe pensa. Mas eu tenho pensado e fico em dúvida, talvez não me adapte à vida ordeira, disciplinada que se vive nos postos de socorros e nestas tão faladas Colônias Espirituais.

— Como faço para eles me aceitarem? Será que, se eu pedir, me deixarão ficar lá? E se eles não me aceitarem, o chefe saberá e me castigará. Tenho que pensar bem — estava indeciso.

— Sei de um jeito — opinou o outro —, já ouvi falar de um Centro Espírita que leva espíritos como nós para uma escola na Colônia. Um amigo meu foi fazer um trabalho e o encarnado prejudicado foi pedir auxílio no Centro Espírita, eles o pegaram, conversaram com ele e o levaram para esta escola onde ficou tempo e se sentiu muito bem. Foi ele que me contou, veio me convidar para ir com ele. Não quis, agora não sei, começo a pensar nas consequências."

Ele me deu o endereço e fiquei a pensar por uns dias, rondei o local, vim a saber o dia certo que atendia os desencarnados. Fiquei na dúvida, não queria mais aquela forma de viver e arrisquei. Fui lá e pedi a eles ajuda, me trataram bem e me levaram para a tal escola. Gostei muito, foi ótimo, quando apto, pedi para trabalhar no Umbral. E aqui estou e quero ficar por muitos anos. Sei quando um morador está insatisfeito, isto é, começa a cansar desta vida, a se sentir afastado de seu Criador, vou e *converso com ele, e esses diálogos têm dado resultado, tenho conseguido em muitos mudar a forma de viver.*

— O que você me diz dos transformados?

— Dos bichos? Os monstros? Sei que dão diversos nomes a esses infelizes. Tornam-se pela influenciação e com os seus consentimentos parecidos ao que é sugerido, sem, porém, deixar de serem eles mesmos. Fixam uma ideia e passam a vivê-la. Já vi desencarnados passar dias transformados, e outros, anos. Isso só depende deles, nuns o erro dói tanto que o castigo é bem-feito. Leonor, não se esqueça dos que gostam, eles mesmos se transformam e vivem bem com aspecto aterrorizante, e outros tornam-se parecidos com outros para enganar. Esses mudam como e quando querem.

Passei a usar desta mudança para conseguir ajudar irmãos: O uso é permitido, abusar é prejudicial.[1]

— Qual é o meio mais fácil de os transformados por castigo voltarem ao que eram?

— Devemos sempre usar o amor, lembrar que este espírito foi humilhado, arrasado, talvez porque também fez isso. Deve-se ver nele um irmão que sofre. Ele obedeceu a uma ordem de quem julgou ser superior e outra deve ser dada a ele com autoridade e

1 Nota da Médium: No dia seguinte, iria passar este texto a limpo. À noite, recebi a visita de seis espíritos que sabiam mudar a aparência. Vieram na tentativa de me assustar. Rodearam-me, riram e mudaram de aparência em segundos. Um deles, mais afoito, colocou a mão no meu ombro e mudou sua forma perispiritual muitas vezes: de jovem, de idoso; reparei bem na aparência de uma senhora de seus sessenta anos, distinta e bem-vestida; também de outro, negro, de bigode. Mudou até a fala. Receosa, clamei por ajuda do meu mentor, Antônio Carlos. Ainda ficaram mais um tempo. Quando se retiraram, adormeci, pois estava cansada, com sono, após um dia laborioso. Pela manhã, ao conversar com o espírito de Antônio Carlos, ele me explicou que meu trabalho é acompanhado por eles, alguns moradores do Umbral; e, sabendo que escreveríamos sobre transformações, vieram para me dar um espetáculo. Antônio Carlos deixou, porque seria uma experiência que me traria aprendizado, e finalizou, repetindo algo que sempre me diz: "Aprenda a distinguir os espíritos por sua vibração. Energia é própria a cada um; pode-se abaixá-la, mas é impossível elevá-la nas transformações. Não se pode usufruir do que não se tem. Se não quer ser enganada, saiba que os espíritos bem-intencionados transmitem sensações de conforto e paz." E temos os precisos ensinos contidos em *O Livro dos Médiuns*, de Allan Kardec; basta estudá-lo e saberemos mais sobre este assunto.

muito amor. Deve sentir que quem está dando esta ordem é alguém superior ao outro que o transformou. Também pode fazê-lo pensar nele antes de ser transformado e ficar com a aparência que tinha real. Reuniões de encarnados sérios têm sempre êxito nestes casos.

— E você, Cleonice, por que trabalha aqui? — indaguei a uma companheira.

— Leonor, há muito trabalho a fazer no Plano Espiritual. E trabalhar no Umbral me atrai porque aqui tem muitos necessitados. Como precisava de uma permissão, para algo que desejo, obtive, mas foi em troca de vinte anos de trabalho aqui.

— Que permissão, você pode me dizer qual é? — fiquei curiosa.

— Claro. Quero reencarnar numa família espírita para ficar mais fácil trabalhar com a mediunidade que terei — Cleonice sorriu.

Isto ocorre, não somente com o trabalho no Umbral, mas com os outros também. Serve-se, para ter algo em troca. Mas felizes os que não almejam receber nada, estes o fazem por compreensão, é fazendo a outros que melhoramos a nós mesmos como também o ambiente em que moramos, de que fazemos parte.

Anos já se passaram e por muitos ainda ficarei no Umbral participando deste trabalho que amo.

E alegro-me em dizer: "Sou socorrista, tento ajudar irmãos que sofrem!"

Bendito seja o Senhor, que nos dá oportunidade de servir!

TERCEIRA PARTE

Trabalho com encarnados

José

CAPÍTULO 1

As primeiras lições

Não vou escrever fatos de quando estive encarnado e nem da minha última desencarnação, estes já foram narrados no livro O que encontrei do outro lado da vida, no primeiro capítulo, O Pedaço mais Lindo do Céu, psicografado por esta médium.

Passei a trabalhar logo que voltei ao Plano Espiritual, e pedi para vir ajudar os encarnados, ficando, assim, perto da esposa e filhos, auxiliando-os também.

— *Mas, José, você se privará de estudar* — alertou Anselmo, meu orientador.

— *Terei tempo para isso. Desejo aprender e o farei trabalhando, estudar seria um prêmio que ainda não sou digno de ter.*

E vim, fui fazer parte da equipe de um centro espírita.

Logo me enturmei e, para aprender, seria um auxiliar dos trabalhadores antigos.

— Vou ajudar os encarnados!

— Aqui, meu caro amigo, ajudamos encarnados e desencarnados. Como ajudar um sem auxiliar o outro? — sorriu Agenor.

Logo entendi que este meu colega estava certo. Estamos bem interligados, somos seres humanos que ora vivemos em corpo físico, encarnados; com este morto, passamos a viver em outro plano, desencarnados. Com os mesmos sentimentos, vícios, virtudes, propósitos, somos sempre o mesmo indivíduo. Se encarnados acostumados a servir, aqui continuamos com mais disposição; os que são servidos, aqui continuam nesta dependência até se conscientizarem da necessidade de ser alguém autossuficiente e, consequentemente, passar a ser útil.

Vontade é muito necessária para esta modificação, mas necessita-se querer mesmo para fazer esta mudança. E o objetivo maior dos socorristas é ajudar o indivíduo nessa mudança, nessa transformação. Porque não é fazendo a tarefa dele por pena ou piedade, embora isso seja bom e suavize sofrimentos, que estamos ajudando-o de fato. Quando ele vem a um Centro Espírita pedir auxílio, quer o alívio de suas dificuldades, vem como um faminto sem meios de obter alimento por si mesmo, porém, muitas vezes, ele tem meios de resolver seus problemas, mas é mais fácil contar com o auxílio alheio. É lhe dado o alimento, ele sabe, então, que ali encontrará a solução de muitos dos seus problemas, e voltará quando tiver outro. E assim muitos passam pela vida encarnada sendo pedintes do trabalho alheio, desencarnam e esta dependência continua e, às vezes, reencarnam e continuam neste círculo.

Nestes quarenta anos que servi com muito amor a necessitados, tenho um objetivo, ensinar pessoas a serem autossuficientes, ajudarem a si mesmas e ao próximo, porque é fazendo e ajudando os outros que aprendemos a fazer para nós mesmos.

E, quanto mais damos, mais temos. Um professor que dá conhecimentos aos seus alunos não perde o que sabe, ao contrário, quanto mais dá, mais aumenta seus conhecimentos. Quem dá amor aos outros não o perde, mas aumenta sua capacidade de amar.

Se não ensinarmos a pessoa a preparar seu alimento ela continuará faminta de alimento alheio, será então que estamos sendo caridosos com ela? Este alimento é dado quando a pessoa é incapaz, no momento, de fazê-lo. Por isso são muitos que se julgam necessitados, vão pedir e não recebem.

Todos aqueles que ajudam, que são úteis, devem ensinar os pedintes a orar, a estudar o Evangelho, a viver os ensinos de Jesus, a trabalhar para melhorar, trocar vícios por virtudes, a dar frutos do que aprende, ajudando ao próximo e, consequentemente, a si mesmo. Não se deve ser egoísta, fazendo a tarefa para o outro, privando-o de aprender.

Se a Terra é uma grande escola, temos de aproveitar a oportunidade para aprender sempre, porque aquele que não faz, para. E quem estaciona, a dor, o sofrimento, sábios ajudantes do progresso, o impulsionam para a frente. E, como se aprende fazendo, não vejo este fazer sem obras. E quem faz, para si mesmo faz. Estamos falando do fazer o bem, mas pode-se fazer o mal. Muitos usufruem de seus erros e não querem as consequências deles, que são desagradáveis. É como um indivíduo que gosta de se embriagar, mas não de sentir ressaca. E, para não senti-la, pede auxílio. A maior ajuda que receberá é o entendimento para não se embriagar mais, ou não errar mais.

Ociosos sofrem muito, o deixar de fazer é perder oportunidades que nem sempre voltam com facilidade. Presenciei muitos fatos nestes anos e, ao escrever, narro a vocês, leitores amigos, na tentativa de despertá-los para a necessidade de mudar, largarem de ser pedintes para serem ricos em boas obras, em conhecimentos, para merecer, ao desencarnar, ter amigos que os acompanharão, sem precisar auxiliá-los no Plano Espiritual, porque nem precisarão de ajuda.

Quando comecei a trabalhar, queria ajudar a todos, via em cada pessoa um necessitado.

— Vou ajudar este!

— Calma, José — advertiu Agenor. *— Você não pode sair por aí ajudando a todos que julga ser necessitados.*

— Mas, Agenor, esta senhora está com um desencarnado a vampirizando, está ficando adoentada. Por que não ajudá-la?

— Alguém lhe pediu? Não? Vamos analisar o fato. Esta senhora tem, infelizmente, o vício de falar da vida alheia. Ao comentar maldosamente e aumentar um acontecimento desagradável da vida de uma jovem, o pai da moça, desencarnado, ofendeu-se e veio para perto dela para prejudicá-la, como ela fez com sua filha. Está vampirizando-a, isto é, sugando suas energias e lhe transmitindo as dele, que são doentias. Este desencarnado está a vagar e não quer o socorro. Para auxiliar neste caso, precisamos levar o desencarnado para um socorro; como ele não quer, não ficaria e perturbaria o ambiente. Se o levarmos, devemos pensar se não estamos dando trabalho extra e sem necessidade a outros companheiros. Porque não basta afastá-lo, tem que ter uma orientação. Para ser doutrinado nas sessões de desobsessão do Centro Espírita, temos que contar com os médiuns e temos que ver se ele não tomará lugar de outro que quer o socorro. Pois o horário desta reunião é limitado, como também é o número de socorridos. Você tem razão num detalhe, são ambos necessitados, a senhora encarnada e este desencarnado, mas nenhum quer mudar para receber ajuda. Se indagar a esta mulher se quer ficar livre desta dor de cabeça e desânimo, vai querer na hora e sabe o que fará? Vai fofocar mais, porque ficou sabendo de um fato e está com muita vontade de passar para frente. Não pediu ajuda, não a nós, quem pede se faz receptivo, isto é, cria um ambiente propício para receber. Deixemos os dois. O desencarnado, assim que a raiva passar, se afastará e

esta senhora um dia entenderá que a linguagem é muito importante para usá-la com fofocas.

Compreendi, mas continuei com vontade de ajudar.

Agenor ia fazer uma visita e eu fui junto.

— *Pare, José!* — ordenou meu amigo.

Ao ver uma desencarnada toda machucada andando pelas ruas, fui correndo até ela, que, ao me ver, disse enfezada:

— *Veja por onde anda, imbecil! Quer me atropelar?*

— *Não, senhora, quero ajudá-la. Não precisa de auxílio?*

— *Ora, quem é você para me ajudar? Um bobo malvestido. Sou muito importante para dar atenção a qualquer um* — respondeu levantando a cabeça.

— *Mas, senhora* — continuei —, *não sabe que agora vive de outro modo, que seu corpo físico morreu e...*

— *Pode parar! Vá dizer bobagens a pessoas ignorantes como você. Saia da frente!*

Fiquei decepcionado, Agenor aproximou-se.

— *Vamos, José, temos que visitar dona Isabel.*

Chegamos, a casa era simples, porém confortável, esta senhora era rica, estava enferma e orava: "Jesus, ajude as pessoas que sofrem, aqueles que não amam".

Agenor lhe deu um passe, transmitiu energias e ela adormeceu tranquila, suas dores se acalmaram.

— *Dona Isabel logo irá desencarnar, será desligada e levada à Colônia.*

— *Ela está com dores e ainda pede por outros* — observei.

— *Venho aqui três vezes por dia vê-la e ajudá-la. O ambiente aqui está bom, ela ora muito, não se queixa e fez por merecer ter muitos bons amigos, tanto encarnados como desencarnados, todos têm prazer de estar ao lado dela.*

— *Se fosse resmungona, isso não ia acontecer, não é?* — indaguei.

— *Gostamos de ficar ao lado de pessoas alegres, bem-humoradas, que estão prontas a ajudar com conselhos, com palavras carinhosas, que vibram bem, com amor. Estas pessoas atraem outras, principalmente afins. E isso acontece com dona Isabel, está doente, mas é boa e caridosa, a casa está sempre com amigos que vêm confortá-la e saem confortados. Gosto muito de vir aqui! Mas agora, José, devo fazer outra visita sozinho, você volta ao posto do Centro Espírita.*

Voltei, observando a cidade. Vivi anos ali quando encarnado e ao vê-la agora, desencarnado, era bem diferente. Casas, jardins, tudo era o mesmo, mas, além de ver as pessoas no corpo físico, via também os que eram privados dele pela morte carnal. Alguns destes últimos andavam, uns distraídos, outros enfezados, sozinhos ou em grupo, alguns perturbados pensando estar no corpo físico. Muitos acompanhavam encarnados, sendo afins, amigos, inimigos e obsessores. "Unimo-nos a quem nos ligamos, seja por amizade ou ódio, escutamos tudo e atendemos a quem queremos", pensei.

Ao virar uma esquina, defrontei com dois desencarnados bêbados brigando.

Beber, alimentar-se fazem parte da fase encarnada. Aqui no Plano Espiritual das Colônias e Postos de Socorro, aprende-se a substituir por energias mais sutis. Mas muitos, ao mudar de plano, iludem-se, rejeitam o acontecimento e se julgam ainda no corpo físico e agem como tal. Para continuar com seus vícios e até alimentar-se, sugam quem o faz, assim pensam estar bebendo e comendo. Mas isso acontece também com os conscientes, desencarnados que sabem o que lhes acontece, mas que querem usufruir de seus vícios e vampirizar encarnados imprudentes como eles. Isso não acontece com uma pessoa que tem bons hábitos e pensamentos, que ora, que faz o bem e evita o mal, estas vibrações repelem os mal-intencionados.

Os dois discutiam e eu fiquei com dó, parei e interferi.

— Por favor, não briguem! É melhor ser amigos!

— Você não sabe o que ele me fez! Vampirizou aquele homem, passando na minha frente — queixou-se um deles.

Olhei para o encarnado mostrado, estava no bar, bêbado, falando sem parar.

Tive pena deles e resolvi ajudar.

— Vocês dois estão desperdiçando tempo precioso embriagando-se desse modo. Deveriam aproveitar para se melhorar, largar de embriagar-se, viver sendo útil para terem um futuro melhor.

Os dois prestaram atenção, um deles perguntou:

— Você é um desencarnado? Porque nós somos mortos mesmo — riram. — Fala bonito porque não é como nós, jogados no mundo sem ter onde ficar...

— Não é assim — tentei elucidá-los. *— Todos nós temos onde ficar quando queremos. Moro no posto, ali em cima daquele Centro Espírita, lá é bonito, limpo e temos tudo de que necessitamos.*

— Tem tudo? De graça? — indagou um deles, interessado.

— Ainda é bonito? — admirou-se o outro.

— Sim — afirmei.

— Se está querendo nos ajudar, então nos leve lá, estou interessado.

Contente, levei os dois, que entraram, olharam tudo.

— Aqui será o nosso hotel de agora em diante, e que não é pago — riu um deles.

— Vamos ser servidos como merecemos. Oi, morena bonita, quero meu banho, gosto de água quente. Você mesmo pode me dar.

Riram.

— Quero comida da boa, você, por favor, me limpe e me arrume uma roupa como a sua — ordenou o outro.

— Você, louraça, venha cá, dá uma beijoca no papai.

Foi para o lado de uma trabalhadora e caiu no chão, derrubando uma estante. Nosso orientador veio rápido ver o que estava acontecendo. Ele me olhou, envergonhei-me. Sem saber o que fazer, indaguei a uma colega:

— *Que faço?*

— *Você os trouxe, você os retira.*

Aproximei-me deles e me desculpei:

— *Acho que me enganei, vocês ainda não podem ficar aqui.*

— *Que é isso, cara, você convidou, nos trouxe e agora nos enxota? Cadê sua bondade? Não está aqui para fazer caridade? O bem? Lembro a você que somos necessitados. Se você ajuda, tem obrigação de nos auxiliar. Seja bom, arrume quem nos dê banho e comida.*

O orientador ficou somente olhando. Sem saber se agia certo, peguei um deles e o levei para fora, foi uma luta, ele esperneava, não querendo ir; deixei-o na calçada e voltei para pegar o outro, que foi mais fácil.

— *Iludimo-nos pensando que vocês fossem bons, mas são somente de fachada, só gostam de ajudar os da sua laia. Falso bondoso! É pior que eu!*

Após deixá-los lá fora, voltei e uma trabalhadora limpava a sujeira que fizeram.

— *Deixe, por favor, que eu faço!*

O orientador a olhou e ela deixou a sala; após limpar tudo, nosso bondoso e sábio dirigente chamou-me para uma conversa, eu falei primeiro:

— Peço desculpa, é que fiquei com dó e...

— *José, encontramos na vida muitos necessitados. Estes dois o são, mas é difícil ajudar quem recusa receber. Vou dar um exemplo para ver se me entende. Quando um encarnado tem fome, lhe dando um pão, o saciamos, até que volte a tê-la novamente. Mas, se lhe dermos um meio de ele adquirir o pão, ele não terá mais fome. Isto acontece em tudo, esta fome podemos dizer que seja carência de qualquer coisa, uma necessidade, ajudando a resolver o problema e se a pessoa não mudar a forma de viver, de agir, não se tornar autossuficiente, será sempre necessitado, pedinte. Olhe, aqui está dona Maria, veio pedir ajuda, venha e escute.*

Dona Maria era uma senhora encarnada que veio pedir algo ao senhor Aldo, o encarnado dirigente do Centro Espírita. Este senhor estava aposentado, mas continuava trabalhando para ajudar no sustento da casa, e era assim, nos horários em que estava em casa sempre tinha pessoas que, dando desculpas para não ir às sessões de atendimento ao público, preferiam vir para um aconselhamento ou atendimento particular.

— Senhor Aldo — informou a senhora —, vim aqui porque minha vizinha e amiga passa por uma dificuldade.

— Por que ela não veio? — perguntou o senhor Aldo.

— Sabe como é, ela não acredita...

O mentor espiritual, que me pediu para ficar olhando, aproximou-se do senhor Aldo, que repetiu o que ele falou:

— Dona Maria, a senhora tem vindo muitas vezes aqui, mas não a vejo nas nossas sessões. Tem recebido muito aqui, não é?

— Não vou às reuniões porque à noite meu marido está em casa, ele não gosta. Mas é verdade, tenho recebido muito aqui e sou grata. Agora venho pedir para os outros, para que eles recebam — disse ela.

— Dona Maria, a senhora acha que para ajudar não é feito nada? Não é trabalho de outros? Não vamos ajudar sua vizinha a não ser que ela venha aqui e peça. Por favor, se quer ajudá-la, faça a senhora mesma.

— Como? Não sei! — indagou ela.

— Se quer ajudar, aprenda. Mas não arrume serviço para outros. Uma ajuda requer trabalho de muitos e, às vezes, trabalha-se por muito tempo.

— Que faço, então? — perguntou.

— Oriente-a, diga o que pensa a ela e pode até acompanhá-la aqui — elucidou o senhor Aldo.

— Não sei não, penso que ela não vai querer — dona Maria encabulou-se.

— Paciência! Dona Maria, tente também conversar com seu esposo e vir às reuniões à noite.

— Devo estar incomodando-o. O senhor trabalha muito, e agora é hora do seu almoço. Vou tentar.

Despediu-se. Senhor Aldo foi almoçar e o mentor me esclareceu:

— *Toda ajuda deve ter ordem e disciplina; educar, instruir é o maior auxílio que se deve dar. Esta senhora pede por outro, é difícil esta ajuda. Ela, ingênua, acha que a pessoa para quem veio pedir auxílio necessita de um prato de feijão (de um tipo de ajuda); vamos lá e vemos que precisa de dois pratos. Para fazer, requer trabalho de muitos. Vamos supor que fazemos e levamos o feijão, pode ser que a pessoa rejeite, pois não pediu, ou que coma e fique indiferente, afinal não queria, ou até pode aceitar e agradecer. Mas, como não viu quem fez e foi tão fácil usufruir do que ganhou, não dá valor. Normalmente, logo estará necessitada de novo. Isso pode ser tachado de fazer a lição que cabe ao necessitado e, muitas vezes, ao privá-lo de fazer, evitamos que aprenda. Esta dona Maria está ficando uma pedinte, já não faz nada sem vir pedir antes: é para o filho ir bem na prova, isto requer que o mocinho estude; pede para a pressão baixar, não quer fazer o regime etc. Não está dando valor ao trabalho alheio. E, além de pedir para si, pede-nos para fazermos a outros, porque tem dó. Às vezes, até entendo que são piedosas, mas não é certo pedir para outros o que lhes cabe fazer. Dó, pena, sem nada fazer é infrutífero, pedir para outros fazerem é não calcular o trabalho alheio. Depois, quando pedimos, nos tornamos receptivos a receber, quando se pede pelo outro, esta recepção não existe e a ajuda torna-se difícil. Entendeu, José? Você trouxe, por dó, duas pessoas que julgou que mereciam serem ajudadas, mas elas não estavam receptivas e viu no que deu.*

Abraçou-me ao sentir que eu estava muito envergonhado.

Resolvi, daquele dia em diante, não fazer mais nada sozinho, ser um ajudante, prestar atenção, aprender para ser útil. Havia compreendido que Jesus disse: "Bate e abrirá, pede e receberá". Torne-se receptivo para receber. E vamos ter consciência do trabalho desta ajuda, não pedir coisas que pode você mesmo fazer, valorizar o trabalho alheio e aprender trabalhando também. Aquele que faz passa de necessitado a autossuficiente.

Agenor passou a ser o responsável pela casa, passando a orientar o senhor Aldo em todas as ajudas. Uma senhora veio chorosa pedir auxílio.

— Ainda não me conformei, senhor Aldo, com a morte de minha mãe. Por que Deus leva pessoas boas?

Estava ajudando no atendimento, e o orientador pediu para ficar ouvindo, auxiliando o senhor Aldo a instruir a encarnada, porque a mãe desencarnada estava com ela. Trocavam energias, a mãe que havia deixado o corpo físico sofria e passava essas sensações à filha. Por isso ela veio tomar passe, estava muito deprimida, com dores, inquieta e até um pouco revoltada.

— Filha — orientou o senhor Aldo —, a morte do corpo físico é para todos, independente de sermos bons ou maus. Todos nós fazemos esta passagem.

— Sei, mas é tão difícil — queixou-se lacrimosa. — Penso por que Deus, às vezes, é tão ruim nos fazendo sofrer assim.

— Minha filha, entenda que a lei é para todos. Nascer e ter o corpo físico morto é algo que nos acontece, passamos pela vida física, para o Plano Espiritual e continuamos vivos; se aceitarmos este fato, tudo é facilitado — explicou o senhor Aldo.

— Bem, eu só vim tomar um passe, não estava me sentindo bem, tenho muito que fazer — lamentou a senhora.

— Tarefas de todos os dias, por que não aprende um pouco? Leia um bom livro espírita, *O Livro dos Espíritos*, por exemplo.

— Não sei... — murmurou ela.

— Não se prive de aprender, aquele que sabe domina a situação, resolve seus problemas — tentou senhor Aldo esclarecê-la.

— Mas eu não sou médium, não vim a este mundo para fazer isso. Já vou embora. Até logo e obrigada! — despediu-se.

Enquanto a filha recebia o passe, o orientador pegou pela mão a mãe desencarnada e acomodou-a numa cadeira. A filha foi e a mãe ficou.

— *Senhora, nós já conversamos, já tentamos orientá-la, foi oferecido abrigo, por que volta a ficar perto de sua filha? Não sabe que a deixa doente?* — indagou Agenor.

— *Não sou eu! Nunca iria deixar minha filha doente. Está assim porque o marido, aquele chato, a deixa nervosa, e meus netos são uns folgados e ela trabalha muito. Fico onde tenho que ficar. Pensa que é fácil deixar meu lar, minhas coisas? Gosto tanto de tudo! Deveria ser perguntado se queremos morrer...* — queixou-se ela.

— *Você escutou, a morte é para todos e aceite, fique conosco e aprenda a viver sem essas coisas.*

— *Coisas para mim importantes, adquiri com honestidade* — resmungou.

Uma trabalhadora pegou-a pela mão e a levou para nossa pequena enfermaria. Agenor me explicou:

— *Quando nos apegamos, quando nos iludimos que a matéria é nossa, a ela ficamos presos, sendo difícil nos libertar.*

Pensei em mim, nada de material me prendia, nada mesmo, mas a afetos... Quando desencarnei, aceitei grato o socorro recebido, mas preocupava-me muito com os meus parentes, não saí sem permissão, porém privei-me de estudar para ficar trabalhando na Terra para vê-los e ajudá-los. Amar com desapego é muito difícil. Muitos deixam tudo ao desencarnar, mas não conseguem se desvincular de afetos.

— *José* — Agenor me elucidou —, *muitos sofrem com o desencarne, porque veem a vida terrestre como a vivência única e total. Sofrem por não aceitar o que não podem mudar. Se compreendessem e aceitassem, tudo melhoraria. Mãe e filha colocaram a felicidade em ter, nos bens temporários, esquecendo que estes não acompanham quando o corpo físico morre. A filha chora pela mãe, chama por ela, e quando esta vem, e fica perto* dela, sente-se mal e aqui vem para ficar livre. Ela não quer saber se o que a faz se sentir mal é a mãe ou não, quer sentir-se melhor. Julga que não precisa saber, tem outros que façam por ela. E ainda pensa que o outro tem obrigação de fazer, está aqui para isto. Igualmente aqueles dois que gostam de se embriagar, que você trouxe aqui. Julgam que tinham direitos de receber, porque tem outros para dar. Todos nós temos obrigações de ser, de fazer, isso não é privilégio de ninguém em especial. Esta senhora desencarnada não consegue aceitar a morte de seu corpo, acha que perdeu muito, esqueceu ou nunca chegou a compreender que nada temos, e o que recebemos encarnado é empréstimo, e sofre por isso. Aquele que não conhece, procura a felicidade ou alívio de seus padecimentos em receber, pode encontrar alívio, mas não a felicidade. Porque somente receber é egoísmo. Aquele que compreende encontra a felicidade em dar mais do que em receber. E estes conhecimentos são aceitos por poucos. Não aprende quem não quer. À filha foram oferecidos conhecimentos; recusa, não quer nem ler livros, ir a palestras, até se recusou a ouvir. Aldo quis instruí-la, ela não ficou. Veio aqui para ter alívio. E a mãe desencarnada foi acomodada no nosso posto, mas, insatisfeita, creio que não ficará.

— Se não ficar, pode correr perigo, não é? — indaguei.

— Sim, aqueles que vagam julgam sofrer muito, sofrem por não aceitar, mas sua situação pode ficar pior. Vamos supor que esta filha fosse a um outro lugar onde não é praticada a caridade como se deve. Dariam alívio à encarnada prendendo a desencarnada e a colocando no Umbral. Mesmo atendida aqui, pode voltar ao seu ex-lar ou vagar por aí, moradores da zona umbralina podem pegá-la e fazê-la escrava, ou vampirizá-la e abandoná-la em lugares de que não saberá voltar. Isto acontece, aqueles que recusam socorro, desprotegidos estão. Deveriam entender que a morte não é o fim da vida, mas uma continuação de uma outra forma de vivê-la. E quem não consegue aceitar esta mudança não encontra consolo nesta passagem, nem os que ficam, nem os que a fazem. Se este fato é inevitável, por que não meditar sobre isto e viver como se fosse partir, amando tudo, dando valor sem se prender; torna-se mais fácil para o que vai e para quem fica. Todo este pavor doentio da morte física é por ignorar e por confusão de falsas ideias, por não conhecer e aceitar a verdade sobre esta continuação da vida fora do campo material. Acabar com esta ignorância e preconceito é acabar com todos estes sofrimentos que a morte do corpo físico provoca.

Gostei muito de aprender e servir neste local de socorro, me esforcei para ser útil com entendimento e fui conseguindo.

CAPÍTULO 2

Diante do desencarne

Agenor, orientador desencarnado, recebeu um recado da Colônia. Isto é comum, recebem-se muitas orientações sobre diversos assuntos, estes recados são de muitos modos, por visitas, ou seja, moradores da Colônia vêm até o local falar sobre o assunto, por telepatia e por aparelhos, que são os mais usados. Agenor nos chamou, três companheiros e eu.

— *Vão à casa de Tereza, ela vai desencarnar, provavelmente, esta madrugada. Vocês deverão ficar ao seu lado e desligá-la, dois a trarão para cá e os outros dois devem ficar para acompanhar seus familiares.*

Nenhuma pergunta. Em outros tempos, quando fui trabalhar naquele posto, deveria ter indagado: Será que não é possível evitar a desencarnação? Mas já sabia a resposta. Todos nós iremos desencarnar um dia e este felizmente chega, não é porque se é bom que se é privado da morte física, nosso corpo físico tem tempo certo para morrer. Se Tereza necessitasse de mais tempo a ordem seria outra, a equipe médica iria até ela para tentar sanar o que havia de errado no seu corpo.

Tereza estava bem, com sessenta e oito anos, tinha algumas doenças da idade, mas não se queixava, era disposta e trabalhadeira, útil na sua casa e no nosso Centro Espírita. Fazia parte dos trabalhos de desobsessão, dava passes, contribuía com ajuda a famílias carentes e estava sempre alegre. Seu mentor espiritual já sabia que logo Tereza iria deixar o corpo físico, desconhecia o momento exato, redobrou sua atenção para com a companheira de anos de serviço em ajuda ao próximo.

Tereza era casada, seu esposo, pessoa boa, espírita, não era médium, mas alegrava-se com o trabalho dela. Chegamos lá à noite, ela fez o Evangelho, recebeu bênçãos de nós, que oramos juntos. O esposo queixou-se de dores, ela lhe deu remédios e carinho. Orou e adormeceu, seu mentor a manteve no corpo e foi de madrugada que seu coração parou num infarto fulminante. Acordou por minutos, percebeu o que ocorria, sentiu dores e sentiu dormir novamente, foi desligada com rapidez e levada adormecida para nosso posto.

Fui escalado para ficar. O esposo acordou e a chamou, como ela não respondeu, levantou-se e bastou olhá-la para entender que Tereza desencarnara, chorou baixinho por minutos e depois clamou por ajuda.

Ficamos de guarda, nenhum espírito mal-intencionado deveria chegar perto. A família, todos espíritas, choraram pela perda física, ela era muito amada, nada de revolta, desespero, oraram muito; o velório e o enterro foram tranquilos.

Voltamos ao posto, o mentor de Tereza ficaria com a família. Fomos vê-la, estava dormindo tranquila e logo após foi levada à Colônia. Soubemos que acordou bem, entendeu o que aconteceu, grata pelo socorro esforçou-se, logo estava trabalhando, continuando a ser útil.

— *Como Tereza ajudou muitos espíritos, aprendeu o que ocorreria quando desencarnasse e isso facilitou sua passagem de plano* — explicou Agenor.

Saber o que nos acontece não é motivo de ser socorrido. Desencarne como o de Tereza é para aqueles que fizeram por merecer, é ajudando conforme se ajuda, é fazendo amigos que se os tem. Isso não depende de ser ou não religioso ou qual religião segue. Fazer são atos e os bons espíritos sempre estão perto de quem auxilia nesta hora marcante que é a desencarnação. Conhecimentos são de grande ajuda, foram para a família de Tereza, foram para ela; sofreram, mas não deixaram o desespero, a revolta os fazer sofrer mais e atrapalhá-la.

— *Se os familiares de Tereza chorassem desesperados e a chamassem, ela sentiria?* — indagou um companheiro.

Agenor respondeu:

— *Tereza os ama, não queria vê-los sofrer e continua não querendo. Ela, mesmo conosco, sentiria o desespero deles e não iria dormir tranquila. A separação é dolorida, mas ao aceitá-la, ao se preparar para isso, acontece o que vimos. Foi suavizada. Tereza ausentou-se, logo poderá vê-los, continuar ajudando-os e um dia estarão juntos de novo. Afetos sinceros, amar com compreensão nos une.*

Entendi que esta passagem pode ser suavizada pelo entendimento, e isso é bom para os que ficam e ótimo para os que vão.

Teve, no Centro Espírita, uma palestra muito interessante para encarnados sobre tóxicos. Uma mãe, preocupada com a filha que usava drogas, a levou. O orador expôs muito bem os perigos que o encarnado corre ao fazer uso delas como o desencarnado que faz sua passagem viciado. A mãe gostou muito, achando que a filha iria ter medo. Mas a garota pensou:

"Ora, se vier a desencarnar é só pedir socorro para tê-lo. Num aperto, venho aqui e peço auxílio e pronto, ficará tudo bem."

O orador foi intuído pelo seu mentor, que escutou os pensamentos da garota e terminou dizendo "Os socorristas aprendem para serem eficientes. O pedido de socorro, sem ser sincero, não é atendido. Porque não basta pedir, é necessário provar que se arrependeu, se voltasse no tempo não faria o erro e que está disposto a mudar para melhor. Porque muitos pensam: peço e confesso e estou livre da culpa. Sabemos que não é assim. Das reações não se livra fácil. Pedir perdão é reconhecer o erro e não querer fazê-lo de novo. Vocês podem pensar: vivo como quero e depois basta pedir ajuda que tem algum bonzinho para auxiliar. Isso não acontece e pensam errado. Nem sempre estes bonzinhos estão disponíveis, e eles sabem ler no íntimo a verdade no necessitado. Vir aqui pedir ajuda? Isso também nem sempre é possível, aqui a parte Espiritual do Centro Espírita não está aberta, nem todos são socorridos. E muitas vezes não é possível chegar a um local de socorro. Às vezes se está no Umbral sem poder sair, preso, escravo etc. Portanto, não pensem erroneamente que podem viver como querem e depois pedirem socorro, podem até pedir, mas somente serão atendidos quando os sábios socorristas acharem o momento certo. E como o assunto da noite é tóxicos, estes refletem mais fortes no perispírito do viciado, deformando-o, e do vício não se livra só porque o corpo físico morreu. Continua-se viciado e podem ter certeza que ficarão num estado muito pior. Mesmo após ter sido socorrido, sofre-se muito e só se libertará quando vencer a luta com o vício. Socorro nenhum livra das reações do erro, do vício; o auxílio é uma oportunidade de se melhorar".

A mocinha ficou toda arrepiada e pôs-se a pensar no assunto, tinha lógica o que o orador falou.

Uma senhora que vinha sempre tomar passes em horário fora das reuniões teve o filho desencarnado por acidente. O mocinho pôde ser socorrido. Mas que agonia! A família desesperada, revoltada, o fazia ficar em pesadelo. Não conseguimos que adormecesse tranquilo. Foi levado para a Colônia, mas ficou no hospital por causa do desespero dos pais. Por um tempo sentiu-se injustiçado, coitado e esforçando-se para ficar e não atender os apelos dos pais, que o chamavam inconformados.

Isto é comum, somos às vezes mais preparados para o desencarne de pessoas idosas ou até as doentes, mas há os acidentes.

Esta mãe, que vinha de vez em quando, começou a vir mais vezes e teve o consolo no espiritismo. Entendeu que a morte física não é o fim, que o filho continuava a ser o filhinho querido que precisava dela, do seu amor para continuar sua vida feliz. Passou a ler livros e, quando compreendeu, seu sofrimento passou do desespero para o resignado, e o mais importante: passou a sentir aquele amor tranquilo pelo filho, que tinha antes dele desencarnar, sentia-o vivo, morando em outro lugar. O filho somente teve paz quando isso aconteceu, amava os seus e queria que estivessem bem como ele estava. No mundo espiritual a vida continua cheia de atrações, estudos, compreendeu isso, passou a ser útil.

Mas há casos em que o desencarnado sofre muito pelo desespero de seus entes queridos. Crianças e adolescentes bons vão quase sempre para os Educandários, embora no Plano Espiritual não haja regra geral, onde recebem todo o carinho e ajuda necessária, mas, mesmo assim, sentem a agonia dos seus e sofrem. No Educandário não conseguem sair, ir para perto dos que os chamam, mas isso não acontece com todos que desencarnam; os que têm condições de escolha, que são adolescentes com mais idade e adultos. Estes, se socorridos, ficam ou não. Para aguentar a pressão destes chamados, necessitam ser fortes e ter consciência do que se passa com eles. Se saem sem permissão não sabem voltar para o socorro, sofrem e não aliviam a dor dos familiares, se perturbam e, muitas vezes, passam pelos Centros

Espíritas para uma orientação, mas podem ser alvo de desencarnados mal-intencionados e ir parar no Umbral. É aí que ter conhecimentos favorece. Para os que desencarnaram, sabem que este período passa e devem ser gratos ao socorro e fazer de tudo para adaptar-se e viver bem. Para os que ficaram, o entendimento faz que compreendam, não se desesperem, não se revoltem, incentivem o que partiu com pensamentos animadores, com otimismo e com orações.

Conheci uma senhora que desencarnou, foi socorrida e queria voltar para os seus, a saudade machucava. Mas a filha encarnada fez com que mudasse de ideia, dizia em orações: "Mamãe, fique aí, agora que teve seu corpo morto, mudou e aí pode ser bem melhor, se quiser. Não seja imprudente! Seja grata! Obedeça aos amigos! Tente ser útil! Não volte, amamos a senhora, por isso queremos o melhor e agora, no momento, é que fique aí, se adapte e seja feliz!". E a senhora obedeceu à filha e ficou muito bem.

Recebemos um chamado de uma moça que ia sempre às nossas sessões, estava no velório de seu tio. Agenor me pediu para ir lá e tentar ajudá-la. A moça orava:

— Bons espíritos, ajudem meu tio!

Foi impossível. Eram poucas as pessoas no velório que oravam, muitos conversavam, fazia tempo que não se viam e trocavam notícias, outros eram inconvenientes. A família estava revoltada e desesperada, o recém-desencarnado também, não queria ter morrido. Não foi uma pessoa má, fez muitas caridades, foi trabalhador, acumulou riquezas, mas, infelizmente, não pensava que a morte era para ele, não se instruiu, podia ter aprendido muitas coisas, e agora estava agoniado sem saber que fazer. Tentei aproximar-me dele, que me repeliu.

— *Nunca! Não morri! Acorde-me, por favor! Que pesadelo horrível! Estou vivo!*

Que pude fazer foi consolar quem me pediu ajuda e me retirar. Porque ela pediu e era a única receptível.

Pelas caridades que ele fez, foi desligado quase no momento do enterro, adormecido e levado para um posto; logo que possível, voltou para perto dos seus, o desespero acabou e passaram a brigar pela herança. Ele só recebia o carinho da esposa, mas não quis ficar com os seus; desiludido, pediu socorro com sinceridade e foi socorrido tempo depois.

Para conhecer, aprender, fui a diversos enterros. Um outro senhor, parecido com o primeiro, estava desesperado, a matéria era tudo para ele, mas não tinha boas obras, caridades para acompanhá-lo. Não fez grandes maldades, mas pequenos erros lhe pesavam juntamente com a falta de boas ações. Não foi socorrido, ficou junto do corpo, dias depois foi desligado e voltou para sua casa, onde herdeiros brigavam pelo que ele tinha acumulado. Revoltou-se, não queria que dividissem seus bens, piorando a situação, e assim ficou por anos. Dividiram, brigaram e ele, indignado, ficou lá os atormentando por anos, até que o cansaço fez que visse sua mãe desencarnada, passaram a conversar, ele se arrependeu e recebeu o socorro.

Fui ao enterro de uma pessoa que agiu muito errado, fez maldades. Alguns choros, mas muitos estavam aliviados, amigos que sentiram eram afins. Foi desligado após o enterro por cobradores, isto é, desencarnados que queriam vingar-se, o levaram para o Umbral onde se tornou escravo por muito tempo.

Outro senhor que também agiu errado, quando desencarnou, foi desligado por moradores do Umbral e levado para ser mais um, afinou-se com eles e continuou com suas maldades.

Não há desencarnes iguais, a morte tem muitos motivos, o corpo físico para de funcionar por diversas razões e o desligamento, que é o afastamento do espírito do corpo morto, é o que tem a continuação da vida.

Esta continuação também difere muito. Lembro-me agora de uma historinha de Malba Tahan[1], que exemplifica bem:

---

1 Nota da Médium: conto "Os Três Amigos do Homem", do livro *Lendas do Céu e da Terra*, de Malba Tahan.

"Um homem ia fazer uma grande viagem e ele tinha três grandes amigos e os convidou para irem juntos. O primeiro respondeu: não posso ir, mas vou com você até o embarque, acompanhando-o solidário. O segundo também recusou, não posso, mas financio tudo para você. O terceiro sorriu, vou com você, e o acompanhou. Esta viagem é a morte: o homem tinha que partir; o primeiro amigo era a família e os afetos, o segundo o dinheiro e o terceiro suas ações, boas ou más, que nos acompanham. Felizes os que fazem esta viagem acompanhados de boas ações."

Fiquei algum tempo trabalhando, tentando auxiliar a família dos recém-desencarnados. Não é fácil consolar quando se está desesperado. Tenta-se de tudo, e a maior ajuda é de outros encarnados, que vêm visitar, falam da vida além da vida, dão livros informativos. E, às vezes, só o tempo, aliado fiel, ajuda. Aumenta o sofrimento quando se desespera. Aquele que conhece, compreende, sofre também, mas é mais suave. Por isso, podemos sofrer mais ou menos pelo mesmo motivo, e prudentes aqueles que não se desesperam.

Também visitava receptivos a uma ajuda, recebiam nossa orientação, passavam por momentos difíceis com fé, resignados e tudo lhes era mais fácil.

Mas não é somente a perda de entes queridos o motivo para se desesperar, são por doenças neles ou na família, a perda financeira, o afastamento de pessoas que gostam etc.

Muitos recorrem ao passe, e por meio dele se tenta tirar a energia negativa que a pessoa criou e colocar a positiva, nestes casos uma entrevista com o encarnado, no Centro Espírita, é de grande importância. Ao desabafar e escutar bons conselhos, o desespero passa e um novo ânimo invade. Como isso faz bem, tantos suicídios se têm evitado e quantos erros.

Sempre fiquei alegre com os resultados obtidos.

Também trabalhei tentando consolar os que desencarnaram. Em uns a perda do corpo é tão difícil que se iludem, julgando-se encarnados, perturbam-se e, quando trazidos ao Centro Espírita, recebem orientação numa incorporação e sentem a diferença de seus estados. Mas mesmo estes, sabendo que estão desencarnados, uns aceitam ajuda, outros não. Vão para postos ou Colônias, não conseguem ficar e voltam. São muitos os que passam várias vezes pelo socorro nas sessões de orientações, até que, cansados, resolvem receber o auxílio oferecido.

Com desencarnados desesperados também não é fácil, não querem o inevitável e sofre-se muito.

Uma mãe veio até o Centro Espírita, desesperada.

— Por Deus, me ajude! Prenderam meu filho. Meu menino até que não é mau, é ambicioso, sempre quis coisas que não podíamos lhe dar e, para obtê-las, começou a roubar. Sofremos muito, meu marido e eu, tanto que meu companheiro morreu e penso que foi de desgosto. Tentamos corrigi-lo, mas ele não escutou. Agora está preso e sofrendo; escutei os policiais falarem que ele ia apanhar. Não me deixaram visitá-lo, estou desesperada.

O orientador encarnado disse-lhe palavras de conforto e Agenor me pediu:

— José, vá à delegacia e veja se pode ajudar este moço.

Era a primeira vez que entrava numa delegacia, achei muito triste. Ali estavam alguns desencarnados, uns acompanhando encarnados, obsediando, ou tentando protegê-los sem conhecimento, muitas vezes piorando a situação ou sofrendo junto. Mas estava também um desencarnado socorrista, fui cumprimentá-lo.

— Sou José, trabalho no Centro Espírita, vim a pedido de uma mãe tentar ajudar seu filho.

— É um prazer recebê-lo, meu nome é Rui. Entre e pode tentar ajudar quem quiser. Aqui tem sempre muitos necessitados.

O moço estava numa sessão de tortura. Queriam que ele delatasse seus companheiros.

Tive muita pena, fiquei até na sua frente, mas as pancadas passavam por mim sem me atingir, indo feri-lo.

"Conte" – disse mentalmente a ele. – *"Fale!"*

Não deveria interferir ao seu livre-arbítrio. Falar ou não, cabia a ele. Então pedi, implorei para aquele que batia parar. O policial sentiu-se incomodado e parou, levando o moço para a cela. Acompanhei-o e tentei aliviar sua dor. Um desencarnado imprudente, vendo-me, disse:

– *Acho que seu trabalho não é por aqui! Este aí é um safado, merece apanhar. Ele está sempre surrando alguém. Não faz três dias ele assaltou uma casa, bateu numa senhora e ela pediu a ele pelo amor de Deus para não fazer isso, ele a queimou com cigarro.*

– *Violência não se resolve com violência, meu irmão* – argumentei.

– *Algumas pessoas somente entendem quando se fala igual* – rebateu ele.

– *O que faz aqui?* – indaguei.

– *Gosto de cenas fortes, de violência, de ver malandro apanhar. Mas não pense que sou um monstro, tento até ajudar quando vejo uma pessoa direita ser agredida. Malandro, ladrão, assassino, quero mais que eles sofram.*

– *Meu amigo...*

Ele não deixou que eu acabasse de falar.

– *Seu trabalho é com ele, não comigo, não gosto de bonzinhos que se apiedam de bandidos. Cuide dele, não queira me doutrinar. Quer saber por que não tenho dó dele? Estava lá quando ele bateu na mulher, uma senhora honesta e boa. Entrou na casa dela, roubou e ainda a queimou. Não sou como você, que acode bandido, eu ajudo os bons, quem merece.*

– *Estes também não são seus irmãos?* – indaguei, mas ele se afastou sem ouvir. Rui aproximou-se.

– *Você trabalha aqui? Como lida com estas cenas?* – perguntei.

– *Trabalho aqui há cinco anos. José, se deixarmos a tristeza nos invadir podemos não ser úteis como gostaríamos. Não digo* que já me acostumei com o que vejo aqui, mas me esforço para ajudar. É nesse local que defronto mesmo com o livre-arbítrio das pessoas. Olhe este moço, está machucado, com dores e medo. Ele é leal a amigos, mas não fala quem são, porque estas surras podem ser pequenas se tornar-se traidor. Ele se enturmou com pessoas ambiciosas, alguns maus, tem roubado, é verdade o que disse aquele desencarnado sobre ele. Com mais dois amigos, entrou numa casa, roubou, maltratou uma senhora. O policial que bateu nele não faz isso por prazer, existem os que fazem, é seu trabalho, é mandado. Embora, ao pensar na senhora machucada, se revolte e bata mais. Os cidadãos da cidade exigem cumprimento da ordem, eles querem que se prendam os outros, porque vizinhos e parentes da senhora estão revoltados querendo os culpados presos. Como ele não diz quem são os outros é torturado.

— Seria tudo mais simples se usasse a benevolência.

— Seria sim — concordou Rui. — Mas aquele que transgride o direito dos outros tem o seu transgredido. Aqui tento orientar, incentivar as pessoas a melhorar. Converso com os desencarnados desorientados, ajudando-os, e tento dar bons conselhos aos encarnados. Os resultados são poucos, fico feliz a cada vitória.

— Vim aqui para ajudar de alguma forma este moço, mas não sei que fazer — queixei-me.

— Ore pelo moço e depois volte e narre o que viu para seu orientador — aconselhou Rui. — Recebemos muito do conforto da oração, ela nos fortalece, a nós, os que ajudamos por aqui, dá esperança aos que sofrem, ameniza a raiva e o ódio. Equilibra um pouco o lugar. Uma energia positiva, como é a prece, sempre neutraliza a energia negativa, melhorando o local.

— Olhando para ele, agora tão machucado, com medo, arrependido, estou a pensar por que será que ele fez isso? — indaguei.

— Ele alega que bebeu e cheirou uma substância para ter coragem. Usou drogas — respondeu Rui.

— Será que se não tivesse usado, bebido, faria isto?

— Provavelmente não. Cada vez mais tem vindo parar aqui pessoas que fizeram uso do álcool, de drogas, sem pensar nas consequências que estes tóxicos podem fazer para si. Alguns fazem coisas de que se arrependem, mas fizeram, acabaram presos, e por anos. Posso dizer a você, meu amigo, que álcool e drogas são motivos de muitos estarem aqui.

Orei pelo moço, que se acalmou um pouco, agradeci a Rui, admirava-o por trabalhar ali, e fui embora. Narrei tudo ao Agenor e finalizei:

— Por favor, não me peça para ir a prisões, emocionei-me, e creio não ter conseguido fazer nada.

— Está bem, para ser um socorrista útil, é levado em conta o local em que gostam de trabalhar — elucidou Agenor.

— Em todas as prisões trabalham socorristas? — perguntei.

— Sim, todas têm espíritos bons que ajudam, mas não têm o suficiente, e eles trabalham muito. Mas também há os espíritos maus que lá vão para desorientar, fustigar por prazer ou para vingar-se.

— Posso ir até aquela senhora, mãe do rapaz preso, para visitá-la?

— Pode — permitiu Agenor.

Fui, ela sofria muito, tentei por meio de passes acalmá-la. Pensava muito no filho e escutei seus pensamentos. "Minha prima teve o filho adolescente morto, ela sofre, mas tem o consolo do filho ter sido bom, as pessoas boas só podem estar bem. Eu sofro mais, o meu está vivo, mas é infeliz, está num lugar horrível e não posso dizer que ele é bom. A morte não é o pior, há fatos piores que a morte, sofreria menos se meu filho tivesse morrido."

O rapaz assumiu a culpa sozinho, não foi mais torturado, ficou preso por anos, quando saiu, foi com a mãe tomar passes, foram lhe dados muitos conselhos. Achando que, se ficasse na cidade, ia ter com as más companhias, ele foi morar com um tio e mudou de vida, foi trabalhar e, anos depois, se casou.

Pela mãe tentamos orientar este moço e conseguimos. É uma alegria quando ajudamos alguém a se melhorar.

— *José, vá com Joaquim tentar localizar no Umbral esta pessoa.*

Agenor nos deu as instruções necessárias. Uma mãe encarnada veio pedir pelo filho que desencarnou há um bom tempo. Soubemos que estava vagando pela zona umbralina.

E lá fomos nós, sempre tenho cautela para ir ao Umbral. Fiz uma prece, prestando atenção em tudo, fomos até o local indicado. Achamos logo aquele de quem viemos a obter notícias, estava enturmado num grupo de arruaceiros e parecia divertir-se muito.

— *Ele é um morador daqui* — alertou Joaquim. — *Creio que não teremos muito o que fazer. Vamos segui-los e pedir para conversar com ele.*

Logo perceberam que estavam sendo seguidos. Pararam e indagaram:

— *O que querem conosco?*

— *Queríamos conversar com Azulão, só um pouquinho* — respondeu Joaquim.

— *Que foi? Minha mãe de novo?* — perguntou Azulão.

— *Ela o ama e está preocupada com você* — disse meu companheiro.

— *Diga a ela que não precisa se incomodar comigo, para ela cuidar da vida dela. Agora me deixem!*

Afastaram-se rápido dizendo impropérios. Não tínhamos mais nada a fazer e resolvemos voltar, porém, tínhamos nos afastado bastante e estávamos perto de um buraco.

— *José, vamos descer aqui?*

Não havíamos ido para isso, mas desci com ele. No buraco havia uns seis espíritos, todos em estados lastimáveis.

Um deles reconheceu Joaquim.

— *Ora, veja quem veio fiscalizar! O velho do sítio... Joaquim! Que veio fazer aqui, velho ordinário? Veio conferir meu sofrimento? Ver se Deus me castigou? Está visto! Pode voltar! Deve ter sido você, um bajulador deste Deus castigador, que fez que me colocasse aqui para o castigo. Velho nojento! Sai daqui, você é culpado! Culpado do meu estado!*

Ele estava sujo, fétido, todo machucado e um ferimento no peito sangrava sem parar. Veio para cima do meu companheiro com as mãos em punho.

— *Venha, Joaquim, vamos sair daqui!* — pedi puxando-o.

Saímos do Umbral calados, paramos perto do posto. Joaquim chorava, eu o abracei.

— *José, quero lhe contar o que aconteceu. Encarnado, tive muitos filhos. Uma das filhas ficou viúva com duas filhas. Não tendo como sustentá-las, foi para uma cidade grande onde arrumou emprego, deixando as duas meninas comigo, mandando dinheiro todo mês e vindo nos ver sempre. Morávamos num sítio perto da cidade e vivíamos felizes, nós três, porque era viúvo havia muito tempo. Numa noite, um homem entrou na nossa casa, me bateu e me amarrou na cama, e fez horrores com as meninas, uma tinha treze e a outra tinha onze anos. Estuprou-as e eu ouvindo do outro quarto as barbaridades e elas me pedindo socorro. Foi horrível! Tentei me desamarrar, só consegui após muito esforço me desprender da cama, mas meus braços estavam amarrados para trás. O bandido havia ido embora. Fui ao quarto delas, estavam lastimáveis. A mais velha morta, ele a assassinou com uma facada. A mais nova muito machucada gemia, mas estava consciente, foi ela que me desamarrou. Corri no vizinho, que não era perto, para pedir ajuda. Vieram correndo, a mulher dele trouxe a charrete e levamos a mais nova para um socorro, mas ela desencarnou, teve uma hemorragia forte. Pensei que ia enlouquecer. Minha filha sofreu muito e um filho me levou para morar com eles. Nunca mais fui o mesmo, doente, desencarnei logo depois. Dormi para acordar junto da esposa e das netas. Adaptei-me, estudei e vim trabalhar. Não sabia dele e hoje o encontrei.*

Chorei com ele, eram lembranças tristes. Entramos no posto e narrei o encontro com o Azulão e depois tudo sobre o encontro com aquele desencarnado. Agenor escutou, abraçou Joaquim.

— *Amigo, não se abata por isso. Aqui você é muito amado e não estranhe por ele culpá-lo. Está ele sofrendo, mas é revoltado, e pessoas assim acham sempre quem culpar, menos a si mesmo. Por enquanto, lá é o melhor lugar para ele, terá tempo para refletir, arrepender-se e, quando estiver com vontade de mudar, achará o socorro.*

— *Devo tentar ajudá-lo?* — perguntou Joaquim.

— *Não, meu amigo, deixemo-lo, quando for o momento, outro o fará. Um dia ele lhe pedirá perdão, aí você poderá conversar com ele. Antes disso, de ele se arrepender, será infrutífero e sua presença poderá deixá-lo mais revoltado. Existem muitas pessoas assim, cometem erros e, quando vêm as reações, revoltam-se e culpam até aquele que foi prejudicado. Tire esta tarde de folga, vá visitar seus afetos, suas netas.*

Ao ouvir falar das netas, Joaquim sorriu.

— *Elas estão bem, reencarnaram num lar em que poderão estudar, são lindas, amadas e muito religiosas, são felizes.*

Entendi, Agenor queria que Joaquim percebesse a diferença, as netas, vítimas que perdoaram, estavam no caminho do progresso e o agressor do modo que vimos. Embora o estado dele fosse temporário, um dia, cansado, iria entender o tanto que estava errado. Joaquim foi visitar seus afetos.

Agenor me esclareceu:

— *José, agora que Joaquim o achou, vai, com certeza, ajudar esse imprudente. Mas, se fizer isso, será pela sua bondade, não tem obrigação.*

— *Ele já perdoou!* — exclamei.

— *Ao perdoar, desvinculamo-nos. Se Joaquim não tivesse perdoado, estaria junto dele castigando-o para vingar-se, só que sofreria também. O ódio liga.*

Tinha muito o que aprender, e exemplos bons ali no posto não faltavam. Orei agradecendo a grande oportunidade de servir.

CAPÍTULO 3

Entendendo o sofrimento

Ouvimos atentos um visitante, um morador da Colônia, falando a nós, socorristas, trabalhadores desencarnados do Centro Espírita.

— *O mal existe, não se deve pensar que outras pessoas são incapazes de fazer maldades, pois o são. Vocês, se estivessem encarnados, iriam ferir, matar o outro com ou sem motivo? Certamente que não. Mas outros fazem. Basta ver nos jornais os muitos assassinatos que ocorrem. O mal pode ser realizado de muitos modos, desejar, fazer e até usar de magias para isso. São os trabalhos do mal, macumbas, feitiços etc. Estes tipos de maldade são realizados de muitos modos, uns bem-feitos, outros nem tanto e alguns dizem somente ter feito. Normalmente, é cobrado, e uns são bem caros. A responsabilidade é de ambos, normalmente o feiticeiro ou macumbeiro são médiuns que usam dessa faculdade indevidamente, plantam da má semente e sua colheita será dolorosa. Fazem por dinheiro, por prazer, inveja e, às vezes, se iludem dizendo que não cometem maldade, mas sim o bem a quem pede. Quem paga, manda fazer, é responsável, age também por ciúmes, inveja, vingança etc. E quem recebe? Bem, os que vibram bem, têm bons pensamentos, oram, têm fé, não agem errado, estes não costumam pegar ou recebem com pouca intensidade e têm sempre alguém para auxiliá-los. Quem ajuda é ajudado. Para outros, esses feitiços atrapalham e, muitas vezes, procuram ajuda no bem. E são estes que tentamos ajudar. Quando pelo trabalho de maldade são colocados perto, junto da pessoa, desencarnados imprudentes, escravos para atrapalhar, vampirizar, devemos orientá-los e encaminhá-los para um socorro e isso faz desandar o trabalho do mal. Mas, às vezes, complica, porque eles mandam mais espíritos e há os que não querem socorro, mas, se o necessitado é persistente, tudo acaba bem. Há trabalho do mal em que se manda energia negativa para aquele que se quer prejudicar. Muitos anulam essas energias do mal, pedindo para acender velas, fazer oferendas etc. Mas nós usamos o poder da prece, dos pensamentos bons para anulá-las. Não recebendo esta energia, ela volta à origem incomodando quem emite e este para logo. Pode-se, também, queimar esta energia com uma superior, mas não aceitando já é o suficiente. Mas como não aceitar? Se a pessoa faz e vibra no bem, ora, nada recebe.*

O convidado da Colônia falou muito sobre isso. Nestes anos trabalhando com encarnados, vi muitas destas maldades afetar a vida de muitas pessoas. É para separar casais, levá-los a brigar, destruindo lares, fazer os negócios dar errado etc.

Mas não pensem que tudo que de ruim acontece é por isso, claro que não. Isso existe, mas não é causa de tudo. Depois, sempre tem alguém para encaminhar para um auxílio. Os Centros Espíritas estão cheios de pessoas necessitadas e sempre se tenta ajudar.

Se vem alguém aos Centros Espíritas com desencarnados mal-intencionados a vampirizar, a atrapalhar, maldosos ou não, são orientados em sessões de desobsessões. E se é por energia negativa, tenta-se neutralizá-la com a boa.

Um senhor procurou ajuda no nosso Centro Espírita. Estava sentindo-se mal, pesado, nervoso, não sabia o que fazer. Era casado e tinha uma amante, e esta queria que se separassem para ele ficar com ela e mandou fazer um feitiço.

Foi necessário que ele viesse muitas vezes para que se orientassem os desencarnados que estavam com ele. Mas temos também obrigação de instruir aquele que pede ajuda.

— O senhor está bem agora, mas é necessário vibrar melhor para que não pegue coisa pior. Tem um lar e deve dar valor a ele e à esposa que o ama. Isso aconteceu por sua culpa, se não tivesse tido a amante, traído, nada disso teria acontecido.

Seja bom para não receber o mal!

Vêm também pedir socorro pessoas que estão sendo obsediadas. Por que isso acontece? Agenor nos explicou:

— *Existem muitos tipos de obsessões. Pessoas desencarnam, se iludem, não queriam ter o corpo físico morto e ficam perto de alguém, normalmente daqueles que amam, trocando energias, vampirizando o encarnado, e este sente, esses são casos fáceis. Muitos se resolvem sozinhos, os desencarnados entendem, saem de perto, pedem socorro, são levados para postos ou colônias. Outras vezes são doutrinados pelo trabalho de encarnados, onde recebem orientação por uma incorporação. São mais difíceis quando, teimosos, não aceitam o socorro, mas são normalmente resolvidos a contento. Obsessões por ódios, vinganças são mais complicadas porque requerem a orientação dos envolvidos, um errou e o outro ou outros querem cobrar.*

Uma vez veio nos procurar um moço que estava desesperado.

— Ajudem-me, por favor! Tenho ido a médicos, gastado muito dinheiro com eles e com remédios.

Acompanhavam-no três desencarnados com ódio e rancor. Foi dado um passe no moço e os desencarnados foram convidados a ficar conosco para uma conversa. Um deles falou:

— *Não devem ficar com pena dele. Nos darão razão quando souberem o que ele nos fez. Na outra encarnação dele e na última nossa, ele não agiu de forma correta conosco. Ele era rico, eu pensava que era meu amigo, lhe fiz muitos favores, ele dizia que éramos somente conhecidos. Tinha um pequeno sítio e precisei, certa vez, de dinheiro, e ele me emprestou a juros altos. Não deu para pagar e ele me tomou o sítio. Minha mãe estava doente, pedi para ele pelo menos adiar, ele não quis, expulsou--nos, viemos para a cidade, ficamos na casa de uma tia e minha mãe veio morrer sem assistência, por desgosto por haver perdido o sítio. Eu, desgostoso, passei a beber e desencarnei logo depois, num acidente. Ele também fez sua passagem, sofreu no Umbral, mas foi socorrido e reencarnou. Agora o achamos e aqui estamos para nos vingar. Ele pede piedade, mas também pedimos, ele não teve nem nós teremos.*

— *E a senhora, tem ódio dele também?* — perguntou Agenor.

— *Até que não. Mas quando lembro o desespero do meu filho vem a raiva, porque ele não teve piedade de nós. Meu filho trabalhou tanto, não choveu, a colheita foi pouca. Mas devíamos, tínhamos que pagar. Fico aqui pelo meu filho. Como deixá-lo?*

— *E você?* — Agenor indagou ao outro.

— *Eu quero me vingar dele porque tinha uma irmã muito bonita que ele seduziu, obrigou-a a fazer um aborto e ela morreu. Por isso meus pais sofreram muito, de vergonha e pela morte dela e vieram a desencarnar logo após. Não pude me vingar em vida, vingo-me agora, após ter desencarnado e o achado noutro corpo. O espírito é o mesmo.*

O moço passou a fazer o que foi recomendado, a ler bons livros, a orar, a frequentar o Centro Espírita, com isso ele criou uma barreira que impedia os vingadores de se aproximar dele. E o trabalho de orientação aos desencarnados foi feito.

Receberam orações, tivemos muitas conversas. A mãe foi a primeira a querer o socorro e ir embora para a Colônia. Depois, o irmão da moça seduzida, cujos pais vieram para ajudá-lo. Eles haviam perdoado e ele também o fez. Demorou meses para o outro perdoar. Quando o fez, o encarnado tinha se tornado espírita e passou a ser útil, entendendo que muito tinha para fazer, porque muito errou.

E obsessões por vingança têm sempre fatos interessantes. Evitaríamos muito sofrimento se não nos iludíssemos com a morte do corpo, não errássemos e se perdoássemos sempre. Também deveríamos prestar atenção se não estamos justificando o erro. Exemplo: uma pessoa faz um feitiço para separar um casal, porque aquele que lhe pagou ama o marido ou a mulher. Mata-se, justifica que não prestava. Rouba e diz que não fará falta ao outro. Fala mal, calunia e diz que o outro mereceu. Deseja mal, justificando que tinha raiva etc.

Nada justifica uma ação errada e a reação vem...

Foram tantos os fatos que presenciei, que para ditá-los tive que pensar em qual narrar, e resolvi fazer sobre um todo. Quem vem em busca de auxílio é o necessitado no momento. Aquele que sofre. E por que se sofre tanto? Meditei. E quando Antônio Carlos, este amigo de tempo, o mentor da médium, me convidou para escrever, aceitei contente, conversamos por horas. Compreendemos que seremos sempre necessitados de socorro enquanto não nos libertarmos, entendermos a verdade que liberta. Precisamos caminhar rumo ao progresso sem inércia, sendo úteis, aprendendo, fazendo o bem para sermos bons. Ele me indagou:

— José, lidando com encarnados e desencarnados que sofrem, o que você tem a me dizer sobre o sofrimento?

— Muita coisa, e ao mesmo tempo, pouca. É difícil falar da dor, esta companheira desconhecida, que nem sempre é aceita, mas que não se incomoda em ser rejeitada, ela é persistente.

Sofrimento é a reação das leis Divinas contra o errado, com aquele que desarmonizou, porque o erro nos desarmoniza e é necessário voltar a harmonizar, se não conseguimos recusando a fazê-lo pelo amor, a dor o faz, qualquer desequilíbrio requer equilíbrio. Somos livres, e onde há livre-arbítrio pode haver culpa e a reação é o sofrimento. Porque, antes de fazer mal a outros, devemos pensar que a primeira vítima somos nós, porque todo o mal, antes de atingir o outro, já nos feriu interiormente, e este ferimento, se não tratado com amor, irá doer um dia, tanto ou mais que doeu em quem atingimos. Ninguém faz mal a outro sem ser mau consigo mesmo.

Assim, podemos dizer que grande parte do sofrimento é consequência de más ações. Colhe-se do que se plantou. Para se libertar do sofrimento é necessário não errar mais. Mas aumentamos o sofrimento quando nos revoltamos, quando insistimos em não o aceitar. Pois o sofrimento, em si, não redime ninguém, mas sim a atitude que tomamos quando sofremos. Quer um exemplo? Ninguém gosta de ficar perto de um revoltado, daquele que se queixa o tempo todo, aí ele sofre mais, não tem o consolo de ter amigos. Ao sermos conformados, resignados, tolerarmos o inevitável, nos tornamos receptivos para receber ajuda e como recebemos, de espíritos e de pessoas encarnadas. Agora, quando diante do sofrimento temos uma compreensão maior, entendemos e tomamos uma atitude positiva de regenerar, amadurecemos espiritualmente e evoluímos.

Mas, se for difícil nos regenerar, podemos, pelo menos, deixar de ser revoltados e viver conformados.

É prudente evitar o que se pode e tolerar com paciência o que é inevitável. Porque nem sempre conseguimos evitar o sofrimento, mas podemos aprender a sofrer. Quer um exemplo: uma pessoa desencarna e não aceita a morte do corpo, não queria ter feito esta passagem, pode esforçar-se e conviver com esta mudança ou sofrer mais se insistir, iludindo-se estar no corpo carnal. Sabendo que algo lhe faz mal e insistindo em abusar, seja um alimento, bebida, cigarro, convivência com outras pessoas etc. Duas pessoas têm câncer, as duas fazem o tratamento correto, uma aceita a situação e luta com a doença, é otimista, as pessoas gostam de visitá--la, entende seu sofrimento, quer tirar lição dela, aprender e progredir. Poderá sarar ou não, mas regenerou-se, e isto a fez evoluir. Se desencarnar, será, sem dúvida, levada para um socorro e aí, sim, sarará, porque era somente seu corpo físico doente, não cultivou os reflexos. O outro, pessimista, revoltado por não tolerar, torna-se intolerável, se alguém o visita o faz por obrigação, também poderá sarar ou não. Mas não aproveitou a oportunidade da doença para se melhorar. Se desencarnar, às vezes a revolta é tanta que não se torna receptivo a receber uma ajuda. Pela revolta cultivou os reflexos da doença e desencarnará com eles, necessitando de tratamento para sarar.

E temos um bálsamo para nosso sofrimento à nossa disposição: a oração. A prece nos põe em contato com o Plano Espiritual elevado e por ela se faz um canal por meio do qual recebemos o que necessitamos. E este canal atua melhor se for limpo e idôneo.

Falamos aqui sobre os que recebem pelo sofrimento as reações de ações erradas.

Mas há também os que param no caminho, pessoas mornas como as chamo, os que não querem esforçar-se para aprender, para evoluir, querem somente receber, não fazem nada para doar, ser úteis, a dor vem para forçá-las a progredir. Diante dos sofrimentos, atritos, muitos se voltam para a parte espiritual, dando atenção a ela numa tentativa de ultrapassar as dificuldades e assim aprender. Porque muitos, infelizmente, ao sofrer, procuram ajuda, lembram-se de Deus, de orar. Necessitam de chacoalhões para continuar a caminhada. Prudentes são os que entendem e evoluem.

Há também o sofrimento solidário. Pessoas sensíveis, solidárias, sofrem pelos outros. Querem ver todos bem, comovem--se por tristezas alheias como se fossem suas. Nestes casos muitos espíritos reencarnam perto de afetos que precisam passar por um sofrimento, não necessitam elas sofrer, mas, por amor, sofrem com elas. Um exemplo, pais que recebem por filhos espíritos que desencarnarão crianças ou jovens. Sabem que sofrerão, mas não querem estes afetos com outros pais, têm a escolha e preferem ficar juntos, encaminhá-los e sofrer após com a ausência. Ou há os que também recebem filhos deficientes sofrendo com ou por eles. Aprendendo, evoluindo, transformando o sofrimento em crédito, realizando cada vez mais. Embora alguns pais, nestes casos, tenham errado também, ou foram motivo de o outro errar.

Quando se sofre, pode-se ser tentado a revoltar-se, isso é humano; vencer esta revolta e saber sofrer é sábio, e ser derrotado por ela é lastimável.

Devemos entender sofrimentos quando senti-los, para que estes sejam suavizados.

Aqueles que compreendem a morte física como uma continuação de vida, quando fazem sua mudança, tudo lhes é mais fácil. Ou quando afetos o fazem, aceitando tudo fica mais suave.

Mas, amigos, a vida não é somente sofrimentos. Não! Têm-se muitas alegrias, acontecimentos bons, agradáveis e felizes. Eu, como socorrista, já chorei de alegria com casos resolvidos satisfatoriamente, ao ver caminhando os que sofreram. Pensando na minha existência encarnada, tive o amor de pais, o carinho de amigos, da esposa e dos filhos queridos. Tive tanto que, se pusesse numa coluna o que tive e, em outra, o que me faltou, a primeira ganharia longe. Temos que ser otimistas, dar valor ao que se tem, alegrar-se com bons momentos e saber que somos filhos de Deus, criador de tudo, do Universo. Saber que temos sempre oportunidades e aproveitá-las, não parar no caminho, ser útil a si mesmo e ao próximo, ter o conforto da prece. Temos muito para sermos felizes e devemos ser. E se soubermos aceitar, entender o sofrimento, seremos felizes até quando sofremos. Porque tudo passa, os bons e maus momentos. Mas a felicidade, quando conquistamos, permanece para sempre. Portanto, sejamos felizes!

CONHEÇA O
INSTITUTO BENEFICENTE
BOA NOVA
SOCIEDADE ESPÍRITA BOA NOVA
Fundada em 1980, é hoje uma referência no estudo do espiritismo. Aqui, oradores e expositores de todo o Brasil realizam seminários, eventos, workshops e cursos. Além disso, toda semana são realizadas reuniões públicas.
CRECHE BOA NOVA
Criada em 1986, a Creche Boa Nova atende mais de 130 crianças entre 4 meses e 5 anos e 11 meses de idade.
BERÇÁRIO ESTRELA DE BELÉM
Mais de 40 crianças de 4 meses a 1 ano e 11 meses são atendidas no berçário mantido pelo Instituto Boa Nova.
CAMPANHAS SOLIDÁRIAS
O projeto Boa Semente atende mais de 50 famílias carentes da cidade, entregando cestas básicas e marmitas.
DISTRIBUIDORA E EDITORA
Líder no segmento espírita, a distribuidora disponibiliza mais de 7 mil títulos, e a editora Boa Nova tem os seguintes selos editoriais:
boanova
NOVA VISÃO
editora otimismo
BUTTERFLY
EDICEL

Levamos o livro espírita cada vez mais longe!

Av. Porto Ferreira, 1031 | Parque Iracema
CEP 15809-020 | Catanduva-SP

www.**petit**.com.br
www.**boanova**.net

petit@petit.com.br
boanova@boanova.net

17 3531.4444

17 99777.7413

Siga-nos em nossas redes sociais.

@boanovaed

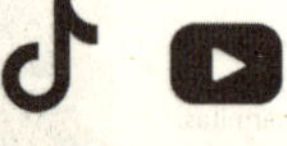

boanovaeditora

CURTA, COMENTE, COMPARTILHE E SALVE.

utilize #boanovaeditora

Acesse nossa loja

Fale pelo whatsapp